CONSELHOS
A UM JORNALISTA

CONSELHOS
A UM JORNALISTA
Voltaire

Tradução
MÁRCIA VALÉRIA MARTINEZ DE AGUIAR

Martins Fontes
São Paulo 2006

Os capítulos que compõem esta obra, publicados originalmente em francês:
CONSEILS A UN JOURNALISTE, Articles extraits du Journal de Politique et de Littérature,
Articles extraits de la Gazette Littéraire de l'Europe.
Copyright © 2005, Livraria Martins Fontes Editora Ltda.,
São Paulo, para a presente edição.

1ª edição 2006

Tradução
MÁRCIA VALÉRIA MARTINEZ DE AGUIAR

Tradução das citações latinas
Juvenal Savian Filho
Revisão da tradução
Monica Stahel
Acompanhamento editorial
Maria Fernanda Alvares
Revisões gráficas
Marisa Rosa Teixeira
Renato da Rocha Carlos
Dinarte Zorzanelli da Silva
Produção gráfica
Geraldo Alves
Paginação
Moacir Katsumi Matsusaki

Dados Internacionais de Catalogação na Publicação (CIP)
(Câmara Brasileira do Livro, SP, Brasil)

Voltaire, 1694-1778.
 Conselhos a um jornalista / Voltaire ; tradução Márcia Valéria Martinez de Aguiar ; [tradução das citações latinas Juvenal Savian Filho ; revisão da tradução Monica Stahel]. – São Paulo : Martins Fontes, 2006. – (Voltaire vive)

Título original: Conseils a un journaliste, Articles extraits du Journal de Politique et Littérature, Articles extraits de la Gazette Littéraire de l'Europe.
 ISBN 85-336-2230-9

 1. Ensaios franceses 2. Filosofia francesa 3. Jornalismo 4. Literatura francesa 5. Política 6. Voltaire, 1964-1778 – Crítica e interpretação I. Título. II. Série.

05-8621   CDD-844

Índices para catálogo sistemático:
1. Ensaios : Literatura francesa   844

Todos os direitos desta edição para a língua portuguesa reservados à
Livraria Martins Fontes Editora Ltda.
Rua Conselheiro Ramalho, 330 01325-000 São Paulo SP Brasil
Tel. (11) 3241.3677 Fax (11) 3101.1042
e-mail: info@martinsfontes.com.br http://www.martinsfontes.com.br

Índice

Voltaire, o jornalista.. VII
Cronologia.. XI

Conselhos a um jornalista... 1
Artigos extraídos do *Jornal de política e de literatura*... 39
Artigos extraídos da *Gazeta literária da Europa*........... 75

Voltaire, o jornalista

Teve início com Voltaire, com Thomas Paine, no século XVIII, a grande batalha contra a tirania espiritual que dominava o mundo ocidental. Tirania espiritual fundada na superstição, no fanatismo, na intolerância, na injustiça, na simonia, nos milagres, na tolice. Natural, o sucesso de um homem como Voltaire deve ser medido pelos serviços prestados a seus semelhantes como nos casos Calas, Sirven, La Barre. Tem razão Victor Cousin em defini-lo como "o filósofo amigo da humanidade".

Tinha Voltaire consciência do bem que procurou fazer aos homens. "Fiz um pouco de bem, esta a minha melhor obra."[1] Num instante de justo orgulho, disse: "Que importa que eu não tenha um cetro? Tenho uma pena!" "E estava com a razão", diz Van Loon, em *Tolérance*. E acrescenta: "Tinha não só uma pena, muitas penas. Era um inimigo nato dos gansos e usava mais penas do que duas dúzias de escritores comuns; pertencia à classe de literatos gigantes que, sozinhos e sob as circunstâncias mais adversas, podem produzir tanto quanto um sindicato inteiro de escritores modernos."

Em carta a Voltaire, diz Frederico II: "Não, por certo, não é um homem só que faz o trabalho prodigioso atribuído

---

1. Verso de Voltaire em *Épître à Horace*.

ao senhor De Voltaire." Para o rei da Prússia, era obra de uma academia inteira, e "a obra dessa academia se publica sob o nome de Voltaire". Nessa obra, provou, diz Condorcet, "amar com paixão o gênero humano". Foi incansável. No fim da vida ainda pedia um barrete, almofadas e muito café para poder terminar mais uma obra, *O preço da justiça*[2], antes da hora inevitável de descanso e de escuridão.

No fundo do grande escritor, fermentava, pois, uma natureza de jornalista. Tinha necessidade de permanente contato com a opinião pública, na "ânsia de orientá-la através da inteligência". Em mais de dez mil cartas (10.732, na edição Garnier), abrangendo pessoas das mais diversas condições sociais, abordando os mais diferentes assuntos, Voltaire agia como um autêntico jornalista na difusão de suas idéias de ordem política, social ou literária.

Nunca, até o século XVIII e depois desse século, nunca se tinha visto tão admirável, surpreendente confusão de propaganda produzida por um só homem, Voltaire. Nunca a filosofia fora exposta com tanta clareza, com tanta vida; ou, como disse Émile Faguet, "um caos de idéias claras". Escreve tão bem que não se percebe estar escrevendo filosofia. Tanto que confessa ele, de si mesmo, expressar-se com absoluta clareza: "Sou como os pequenos regatos, transparentes por não serem profundos."

Escreveu Will Durant que, assim, Voltaire era muito lido: "Todo o mundo, mesmo o clero, adquiria os seus panfletos. Muitos deles tiveram tiragem de 300 mil exemplares vendidos." E acrescenta Durant: "Nunca se havia visto nada como isso na história da literatura." Imensa quantidade de panfletos, histórias, diálogos, cartas, diatribes, sátiras, sermões, versos, contos, fábulas, comentários e ensaios. Tudo

---

2. Projeto "Voltaire vive", Martins Fontes.

isso assinado com seu próprio nome ou com dezenas de pseudônimos.

É em Ferney que Voltaire reina, domina. É aí que surge o imortal, eterno Voltaire. É aí, ao abrigo do seu quadrilátero de "covis", que pode dizer tudo o que pensa. Disse: "Meu ofício é dizer o que penso." Escreveu André Maurois, em *Voltaire*: "Durante vinte anos, de Ferney, desaba sobre a Europa uma chuva de brochuras impressas sob milhares de nomes, interditas, seqüestradas, condenadas, renegadas, mas vendidas, lidas, admiradas por todos os cérebros pensantes da época."

"Mas, diz André Maurois, a maior parte dessa produção se compõe de panfletos, folhetos e diálogos que fazem de Voltaire o maior jornalista que já se conheceu." Maurois o compara a Addison, poeta trágico, também do século XVIII, na Inglaterra, e que Voltaire põe acima de Shakespeare[3]. Era Addison um dos redatores do *Spectator*, precursor do *Times*. "Pode-se imaginar, diz Maurois, o poder sobre a opinião de um jornalista de gênio que pôde, durante mais de vinte anos, perturbar, agitar e dominar a França."

Na introdução ao *Tratado sobre a tolerância*[4], de Voltaire, René Pomeau distingue a *Epístola de tolerância*, de Locke, do *Tratado*. Locke redigiu a *Epístola* em latim e, com toda a evidência, "dirige-se a um público de doutos". O *Tratado*, de Voltaire, ao contrário, "visa ao grande público". Escreve Pomeau: "Faz parte de uma estratégia voltairiana que se esforça por mobilizar a opinião pública. Daí a divisão da obra em capítulos curtos, entremeados de ditos espirituosos e que apelam, no final, para a emoção." É o jornalista; é, diz Benda, "a vocação de jornalista".

Todas essas publicações em edições de bolso, *pocket*. Escreveu Voltaire: "Livros grandes estão fora de moda." Des-

---

3. Ver *Cartas filosóficas*, XVIII. Martins Fontes.
4. Projeto "Voltaire vive". Martins Fontes.

te modo, semana após semana, mês após mês, incansavelmente, Voltaire surpreendia o mundo com a fertilidade de seu pensamento. Tamanha, magnífica energia justificava nele o que dissera de D'Alembert: "Senhor o multiforme", e levou Frederico II a escrever: "Há em Ferney filósofos que traduzem Newton, ... há Corneilles, Catulos, Tucídides, Cíceros, e a obra dessa academia se publica sob o nome de Voltaire." Há aí, diz Brunetière, em verdade, "vinte Voltaires".

ACRÍSIO TÔRRES

Cronologia

1572. 24 de agosto: Noite de São Bartolomeu. Por ordem do rei Carlos IX, encorajado por sua mãe Catarina de Médicis, massacre dos protestantes em Paris e nas províncias.
1598. 13 de abril: Henrique IV põe fim às guerras de religião pelo Edito de Nantes. A liberdade de culto é garantida aos protestantes sob certas condições.
1643-1715. Reinado de Luís XIV.
1685. 18 de outubro: revogação do Edito de Nantes por Luís XIV. A religião reformada é proibida no reino da França. Os protestantes convertidos à força são tidos como "novos católicos".
1694. Em 22 de novembro (ou 20 de fevereiro, segundo Voltaire), nasce em Paris François-Marie Arouet, terceiro filho de François Arouet, conselheiro do rei e antigo tabelião do Châtelet em Paris, e de Marie-Marguerite Daumart, ambos da alta e antiga burguesia.
1701. Morte da mãe de Voltaire, que encontra na irmã, oito anos mais velha, uma segunda mãe a quem sempre amará com ternura.
1702. Guerra de Sucessão na Espanha.
1702-10. Revolta dos *camisards*, camponeses protestantes das Cevenas.

1704. Entrada no colégio Louis-le-Grand, dirigido por jesuítas, onde Voltaire adquire sólida cultura e torna-se amigo de herdeiros das melhores famílias da nobreza, lá estudando durante sete anos.
1706. O príncipe Eugênio e Marlborough apoderam-se de Lille.
1710. Leibniz: *Teodicéia*.
1710-12. O convento dos religiosos cistercienses de Port Royal des Champs (vale de Chevreuse), reduto do jansenismo, é destruído por ordem de Luís XIV. Os soldados devastam o cemitério. Cenas escandalosas.
1711. Inscrição na faculdade de Direito, conforme o desejo do pai. Mas o jovem turbulento quer ser poeta, freqüenta o círculo dos libertinos do palácio do Templo, envia uma ode ao concurso anual da Academia.
1712. Nascimento de Jean-Jacques Rousseau.
Nascimento de Frederico II, rei da Prússia.
1713. O jovem Arouet abandona a faculdade. Arrumam-lhe um posto na embaixada francesa na Holanda, do qual é despedido por namorar uma protestante. A descoberta da sociedade holandesa, liberal, ativa e tolerante, deixa-o encantado.
Nascimento de Denis Diderot.
Estada de Voltaire em Haia como secretário do embaixador da França.
8 de setembro: Luís XIV obtém do papa Clemente XI a bula ou constituição *Unigenitus* que condena o jansenismo.
Paz de Utrecht.
1715-23. Regência do duque de Orléans.
1716. Exílio em Sully-sur-Loire, por um poema satírico contra o Regente.
1717. São-lhe atribuídos dois poemas satíricos: o segundo (*Puero regnante*) é dele. Por ordem do Regente é en-

viado à Bastilha, onde fica preso onze meses. Aproveita o tempo para ler Virgílio e Homero, para continuar a *Henriade* e *Oedipe*.

1718. Sai da prisão em abril e até outubro deve permanecer fora de Paris. A tragédia *Oedipe* faz imenso sucesso. O Regente, a quem a peça é dedicada, concede-lhe uma gratificação. É consagrado como grande poeta, passa a assinar Voltaire.

1720-22. Voltaire faz excelentes negócios e aplicações que lhe aumentam a fortuna herdada do pai, falecido em 1722. Tem uma vida mundana intensa.

1721. Montesquieu: *Cartas persas*.
Em Londres, Robert Walpole torna-se primeiro-ministro; ocupará o cargo até 1742.

1722. Voltaire faz uma viagem à Holanda: admira a tolerância e a prosperidade comercial desse país.

1723. Publicação, sem autorização da censura, de *La ligue* (primeira versão de *Henriade*), poema épico.

1723-74. Reinado de Luís XV.

1724. Nascimento de Kant.

1725. Voltaire consegue ser admitido na Corte. Suas tragédias *Oedipe*, *Marianne* e a nova comédia *L'indiscret* são representadas nas festas do casamento do rei.

1726. Voltaire discute com o cavaleiro de Rohan, que alguns dias depois manda empregados espancarem-no. Voltaire se indigna, quer um duelo, sendo mandado à Bastilha (17 de abril). Quinze dias depois é forçado a partir para a Inglaterra, onde permanece até fins de 1728. Após um período difícil, adapta-se e faz amizades nos diversos meios da aristocracia liberal e da política, entre os intelectuais. O essencial das experiências inglesas será condensado para o público francês nas *Cartas filosóficas*, concebidas nessa época: não a descoberta, mas o reconhecimento entusiasta de uma

sociedade progressista na qual já estavam em andamento os novos valores da "filosofia das Luzes", a tolerância, a liberdade de pensamento, o espírito de reforma de empreendimento.
Jonathan Swift: *Viagens de Gulliver*.
1727. Publicações de *Ensaio sobre as guerras civis* e de *Ensaio sobre a poesia épica*, redigidos em inglês.
1728. Voltaire dedica à rainha da Inglaterra a nova *Henriade*, editada em Londres por subscrição. Em outubro volta à França.
1729-30. Voltaire se lança em especulações financeiras, um tanto tortuosas mas legais na época, que lhe renderão o bastante para viver com conforto e independência. Representação da tragédia *Brutus*. Escreve uma ode sobre a morte de Adrienne Lecouvreur, atriz sua amiga, que uma dura tradição religiosa privou de sepultura cristã.
1731-32. Impressão clandestina de *Histoire de Charles XII*, cuja imparcialidade desagradou ao poder, e que alcança grande sucesso. Sucesso triunfal de *Zaïre*, tragédia que será representada em toda a Europa.
1733. Publicação de *Le temple du goût*, obra de crítica literária e afirmação de um gosto independente que desafia os modos oficiais e levanta polêmicas. Início da longa ligação com a sra. du Châtelet.
1734. *Cartas filosóficas*, impressas sem autorização legal, causam grande escândalo: o livro é apreendido e Voltaire ameaçado de prisão. Refugia-se no castelo dos Châtelet, em Cirey-en-Champagne, a algumas horas de fronteiras acolhedoras. Por mais de dez anos, Cirey será o abrigo que lhe permitirá manter-se à distância das ameaças da autoridade.
Montesquieu: *Considérations*.
Johann Sebastian Bach: *Oratório de Natal*.

1735-36. Breves temporadas em Paris, com fugas ante ameaças de prisão. Representação das tragédias *La mort de César* (adaptada de Shakespeare) e *Alzire*. Publicação do poema *Mondain*, impertinente provocação às morais conformistas. Um novo escândalo, mais uma fuga, desta vez para a Holanda. Início da correspondência entre Voltaire e o príncipe real Frederico da Prússia.

1737-39. Longas temporadas em Cirey, onde Voltaire divide o tempo entre o trabalho e os divertimentos com boas companhias. Aplica-se às diversas atividades de "filósofo": as ciências (interessa-se pela difusão do newtonismo); os estudos bíblicos; o teatro e os versos (começa *Mérope*, adianta *Discours sur l'homme*); a história da civilização (*Siècle de Louis XIV*). Tudo entremeado de visitas, negócios, processos judiciais e discussões com literatos. Viagem com a sra. du Châtelet à Bélgica e à Holanda, onde representa Frederico da Prússia entre os livreiros de Haia, para a impressão de *Anti-Machiavel*, escrito pelo príncipe filósofo. É editada uma coletânea dos primeiros capítulos do *Siècle de Louis XIV*, que é apreendida.

1740. Primeiro encontro de Voltaire com Frederico, nesse ano coroado rei da Prússia em Clèves. O rei leva-o a Berlim e quer segurá-lo na corte, mas só o retém por algumas semanas.

1741-43. Estréia de duas tragédias, *Mahomet* e *Mérope*, com grande sucesso, a primeira escandaliza os devotos de Paris e é retirada de cena. Voltaire intercala temporadas em Cirey com viagens a Bruxelas. Cumpre missões diplomáticas oficiosas junto a Frederico II, que insiste com o filósofo para que se estabeleça na Prússia.

1743. Nascimento de Lavoisier.

1744-46. Fortalecido pelos serviços diplomáticos prestados, Voltaire reaproxima-se da Corte. Torna-se o poeta da corte, sustentado pelo apoio de Madame de Pompadour, de quem fora confidente. São anos de glória oficial: *Princesse de Navarre* é encenada no casamento do delfim; é nomeado historiógrafo do rei; o papa aceita a dedicatória de *Mahomet*; é eleito para a Academia Francesa.

1747-48. Uma imprudente impertinência de Voltaire traz-lhe o desfavor na corte. Refugia-se no castelo de Sceaux, da duquesa de Maine. Publicação da primeira versão de *Zadig* em Amsterdam, de *Babouc* e *Memnon*. Passa temporadas em Lunéville, na corte do rei Estanislau. Foi um dos piores momentos de sua vida: minado pela doença, solitário, incerto do futuro e mesmo de moradia.

1748. Hume: *Ensaio sobre o entendimento humano*.
Montesquieu: *O espírito das leis*.

1749. Morte de Émilie du Châtelet em Lunéville. Voltaire volta a Paris e instala-se na casa de sua sobrinha viúva, a sra. Denis. Reata com antigos amigos, freqüenta os meios teatrais.
Nascimento de Goethe.

1750. J.-J. Rousseau: *Discours sur les sciences et les arts*.

1750-51. Cartas de Frederico II, prometendo favores, amizade e fortuna, levam Voltaire a resolver mudar para a Prússia. A acolhida é calorosa, mas logo começam as desavenças. Em Berlin e em Potsdam, Voltaire sente-se vigiado, obrigado a agradar, porém trabalha à vontade quando se mantém afastado: termina *Le siècle de Louis XIV*, iniciado havia vinte anos.

1751. Início da publicação da *Encyclopédie*.

1752-53. A permanência em Potsdam torna-se cada vez mais difícil. Voltaire escreve um panfleto (*Diatribe du docteur Akakia*) contra Maupertuis, presidente da Academia de Berlim, defendido por Frederico II, que manda queimar em público o libelo. Em março de 53 Voltaire consegue permissão para deixar Berlim com o pretexto de ir para uma estação de águas. Volta à França por etapas; mas uma ordem de Frederico II o retém como prisioneiro durante cinco semanas em Frankfurt, por causa de um exemplar da obra de poesia do rei que o filósofo levara consigo. Essa humilhação convence-o da necessidade de armar-se para a independência. Publicação de *Micromégas* em 1752.

1755. Depois de uma tentativa malograda de instalar-se em Colmar, na Alsácia, quando teve contra si os religiosos, os devotos e os fiéis, Voltaire instala-se na Suíça. Compra a propriedade *Délices*, perto de Genebra, descobre a natureza e a vida rústica, mas não deixa de montar espetáculos teatrais em casa, para escândalo do austero Grande Conselho de Genebra. Participa da *Encyclopédie*, fornecendo artigos até 1758, quando opta por formas mais diretas de propaganda. Terremoto de Lisboa.

J.-J. Rousseau: *Discours sur l'inégalité.*

1756. Sempre ativo, a despeito da idade, convivendo bem com os genebrinos, o filósofo é feliz. Abalado pelo terremoto de Lisboa, escreve *Poème sur le désastre de Lisbonne*, atacando a Providência e o otimismo filosófico. Lança *Poème sur la loi naturelle*, que escandaliza pelo deísmo. Entrega à publicação a síntese de *Essai sur les moeurs*.

Início da Guerra dos Sete Anos.

J.-J. Rousseau escreve *Lettre à Voltaire sur la Providence*, contra o *Poème sur le désastre de Lisbonne*.

1757. A correspondência de Voltaire torna-se o eco de seu século. Afeta indiferença, mas não cessa de lutar por seus ideais. Executam o almirante Byng, na Inglaterra, por quem Voltaire intercedera o ano anterior. Um louco atenta contra a vida de Luís XV. Os partidos religiosos se engalfinham na França, mas se unem contra os enciclopedistas. O artigo *Genève* provoca indignação em Genebra, ameaçando o agradável retiro do filósofo. Voltaire reata a correspondência com Frederico II.

1758. Voltaire trabalha para completar e reformular *Essai sur les moeurs*, acentuando a orientação militante da obra. Tenta conciliar o grupo dos enciclopedistas; não o conseguindo, cessa de colaborar em junho. A guerra européia se alastra, apesar das tentativas do filósofo de aproximar Berlim e Versailles. Complicam-se as relações entre o filósofo e a cidade de Genebra. Compra as terras de Ferney, na fronteira da Suíça, mas território francês, para onde se muda acompanhado da sobrinha, a sra. Denis. Escreve *Cândido* e umas Memórias, depois abandonadas.
J.-J. Rousseau: *Lettre sur les spectacles*, em resposta ao artigo *Genève*.

1759. Publicação de *Cândido*, em janeiro, logo condenado mas com imenso sucesso. A condenação da *Encyclopédie* intensifica as suas polêmicas contra os adversários dos filósofos: *Relation de la maladie du jésuite Berthier*; *Le pauvre diable* (1758) contra Fréron; *La vanité*, sátira contra Lefranc e Pompignan, autor de poesias sacras. Leva vida intensa, dividindo-se entre *Délices* e Ferney.

1760. Em dezembro, Voltaire instala-se definitivamente em Ferney. Assume, diante da opinião de seu tempo, uma espécie de ministério do progresso "filosófico".
Franklin: invenção do pára-raio.
Diderot: *La religieuse*.

1761. As *Lettres sur la Nouvelle Héloïse*, sob a assinatura do marquês de Ximènes, ridicularizando o romance *A nova Heloísa* publicado no mesmo ano, marcam o início das hostilidades públicas com J.-J. Rousseau.

Colaboração numa edição comentada do teatro de Corneille, que servirá para dar o dote de uma sobrinha-neta do autor clássico, adotada por Voltaire.
1762. Jean-Jacques Rousseau: *O contrato social* e *Emílio ou Da educação*.
1762-63. Ampliação da propaganda deísta, com a publicação de dois textos polêmicos: *Le sermon des cinquante* e *Extrait du testament du curé Meslier*. Em 10 de março, o protestante Jean Calas, acusado falsamente da morte do filho, é executado em Toulouse. Voltaire lança-se numa campanha para reabilitá-lo, conseguindo a revisão do processo (1765). Para esse fim escreve *Tratado sobre a tolerância*.
1764. Representação, em Paris, da tragédia *Olympie*, que como as anteriores desde *Tancrède* (1760) não obtém sucesso. Publicação do *Dictionnaire philosophique portatif*, concebido em 1752 na Prússia, um instrumento de propaganda largamente difundido. A uma acusação das *Lettres sur la montagne*, de Rousseau, Voltaire replica com o cruel panfleto *Sentiment des citoyens*.
1765. Voltaire acolhe a reabilitação de Calas como "uma vitória da filosofia". A partir daí, solicitado ou por própria iniciativa, intervirá em causas desse gênero quase todos os anos. Publicação de *A filosofia da história*. Encarrega-se da defesa da família Sirven, sendo ajudado financeiramente em sua ação judiciária pelos reis da Prússia, da Polônia, da Dinamarca e por Catarina da Rússia. *Conselhos a um jornalista* é impresso no tomo I das *Novas miscelâneas*.
1766. Condenação e execução do cavaleiro de la Barre por manifestações libertinas à passagem de uma procissão religiosa. Encontram um *Dictionnaire philosophique* na casa do cavaleiro e atribuem a sua atitude irreverente à influência dos filósofos. Voltaire assusta-se e

passa para a Suíça; de volta a Ferney, empreende a reabilitação de La Barre.
1767. Publicação de *Anecdote sur Bélisaire* e *Questions de Zapatta* (contra a Sorbonne), *Le dîner du comte de Boulainvilliers* (contra o cristianismo), *L'ingénu* e *Recueil nécessaire*, do qual faz parte *O túmulo do fanatismo*.
1768. Publicação de *Précis du siècle de Louis XV*; *La princesse de Babylone*; *L'Homme aux quarente écus*; *Les singularités de la nature* (espécie de miscelânea de filosofia das ciências).
1769. *O pirronismo da história* é publicado pela primeira vez na coletânea intitulada *L'Évangile du jour*.
1770. Voltaire lança ao ministério francês a idéia de facilitar o estabelecimento de refugiados genebrinos em Versoix, na França, o que ativaria a indústria e o comércio, fazendo concorrência a Genebra. Sem ajuda oficial, com sua imensa fortuna, Voltaire conseguiu realizar isso em pequena escala. Como um patriarca, adorado de seus protegidos, cuida de questões administrativas e de obras públicas da região de Gex, onde fica Ferney. Em Paris, é feita subscrição pública para a estátua de Voltaire executada por Pigalle; J.-J. Rousseau está entre os subscritores.
Nascimento de Hegel.
1771-72. Pela segunda vez, Voltaire compõe um dicionário, acerca de suas idéias, convicções, gosto, etc. São os nove volumes de *Questions sur l'Encyclopédie*, publicados à medida que eram terminados. Publicação de *Épître à Horace*.
1772. Fim da publicação da *Encyclopédie*.
1773. Sem abandonar suas lutas nem sua direção filosófica (ao que dedica há anos a sua correspondência), deixa diminuir a produção literária, sofre graves acessos de estrangúria em fevereiro e março. Contudo, sus-

tenta, com *Fragments historiques sur l'Inde*, os esforços do conde Lally-Tollendal para a reabilitação do pai, injustamente condenado à morte em 1766.
O papa Clemente XIV dissolve a ordem dos jesuítas.
1774. Em agosto, o enciclopedista Turgot é nomeado controlador geral das finanças; suas medidas de liberalização do comércio dos grãos são acolhidas com entusiasmo em Ferney.
Morte de Luís XV.
1774-92. Reinado de Luís XVI.
1776. Voltaire sustenta a política econômica de Turgot até a sua queda (maio de 1776), que deplorará como uma derrota da filosofia do século. Publicação da tragédia *Don Pèdre*, não encenada, e dos dois contos *Les oreilles du comte de Chesterfield*, e a curiosa *Histoire de Jenni*, contra as audácias do ateísmo e do materialismo modernos. Em dezembro, um édito de Turgot concede à região de Gex uma reforma fiscal solicitada por Voltaire havia anos.
Fruto de trinta anos de crítica apaixonada da Bíblia e de sua exegese, é publicado *A Bíblia enfim explicada*.
Declaração de independência das colônias inglesas na América.
Thomas Paine: *The Common Sense*.
Adam Smith: *A riqueza das nações*.
1777. Os *Dialogues d'Évhémère*, última volta ao mundo filosófico de Voltaire.
1778. Já doente, Voltaire chega a Paris em fevereiro. Dez dias de visitas e homenagens ininterruptas deixam-no esgotado. Fica acamado três semanas, confessa-se e recebe a absolvição, depois de submeter-se a uma retratação escrita, declarando morrer na religião católica. É a última batalha do velho lutador: a insubmissão, com o risco de ser jogado na vala comum após a

morte, ou a submissão, com a negação de sua obra e de sua influência. Mal se restabelece, recomeça a roda-viva. 30 de março é seu dia de apoteose com sessão de honra na Academia e representação triunfal da tragédia *Irène*. Em 7 de abril é recebido maçom na loja das Neuf-Soeurs. Esgota-se redigindo um plano de trabalho para a Academia. Morre no dia 30 de maio e, apesar das interdições, é enterrado em terra cristã, na abadia de Scellières, em Champagne.

Morte de Rousseau, em 2 de julho.

1791. Em 12 de julho as cinzas de Voltaire são transferidas ao Panthéon, em meio à alegria popular.

Conselhos a um jornalista
Sobre filosofia, história, teatro, poemas, miscelâneas de literatura, anedotas literárias, línguas e estilo

(10 de maio de 1737[1])

....

1. Com o título *Conselhos a um jornalista, etc.*, este escrito foi impresso, em 1765, no tomo I das *Novas miscelâneas*, com a seguinte nota: "Este texto foi publicado na Holanda, há trinta anos; nunca mais foi impresso: o público julgará se ele merece fazer parte desta coletânea." Não conheço nenhuma edição anterior à que encontramos no *Mercure* de 1744 (primeiro volume de novembro), com o título "Exortações a um jornalista" e com a data de 10 de maio de 1737, que acrescentei aqui, assim como algumas variantes; a atual versão é de 1765. (Beuchot, editor da ed. fr.)

A publicação periódica na qual pretendes trabalhar pode certamente ter êxito, apesar de já haver muitas dessa espécie. Perguntas como se deve agir para que tal jornal agrade nosso século e a posteridade. Responderei com duas palavras: *Sê imparcial*. Tens ciência e gosto; se além disso fores justo, predigo-te um sucesso duradouro. Nossa nação aprecia todos os gêneros literários, da matemática ao epigrama. Nenhum jornal fala comumente da parte mais brilhante das belas-letras, que são as peças de teatro, nem de tantos encantadores livretos de poesia, que afirmam todos os dias o caráter amável de nossa nação. Tudo pode entrar na tua espécie de jornal, mesmo uma canção bem feita; nada desdenhes. A Grécia, que se orgulha de ter gerado Platão, gaba-se também de Anacreonte, e Cícero não nos faz esquecer Catulo.

Sobre a filosofia

Sabes bastante geometria e física para avaliar precisamente os livros desse gênero e tens bastante espírito para falar deles com essa arte que lhes retira os espinhos sem os adornar com flores que não lhes convêm.

Aconselho-te sobretudo, ao incluíres escritos de filosofia, que exponhas primeiramente ao leitor uma espécie de síntese histórica das opiniões propostas ou das verdades estabelecidas. Por exemplo, trata-se da opinião sobre o *vácuo*: dize em duas palavras como Epicuro acreditava prová-lo; mostra como Gassendi tornou-o mais verossímil; expõe os graus infinitos de probabilidade que Newton acrescentou a essa opinião, enfim, com seus raciocínios, observações e cálculos.

Trata-se de um livro sobre a natureza do *ar*; é bom mostrar em primeiro lugar que Aristóteles e todos os filósofos tinham consciência de seu peso, mas não do grau de seu peso. Muitos ignorantes que gostariam ao menos de conhecer a história das ciências, as pessoas do mundo, os jovens estudantes, verão com avidez por qual razão e por quais experiências o grande Galileu combateu o primeiro erro de Aristóteles a respeito do *ar*, com que arte Torricelli o pesou, como se pesa um peso numa balança; como descobriram sua elasticidade; como, finalmente, as admiráveis experiências dos senhores Hales e Boerhaave[2] revelaram os efeitos do *ar*, que somos quase forçados a atribuir a propriedades da matéria até hoje desconhecidas.

Surge um livro intricado de cálculos e problemas sobre a *luz*; que prazer darás ao público mostrando-lhe as frágeis idéias que a eloqüente e ignorante Grécia tinha da *refração*; o que diz sobre isso o árabe Alhazen, o único geômetra de sua época; o que adivinha Antonio de Dominis; o que Descartes põe hábil e geometricamente em uso, mesmo se equivocando; o que descobre Grimaldi[3], que viveu

....
2. Hales, físico inglês nascido em 1761. Quanto a Boerhaave (1668-1738), Voltaire esteve em contato com ele em Leyde, no mesmo ano em que pretende dar estes conselhos (1737). (G. Avenel, editor da ed. fr.)
3. François-Marie Grimaldi, jesuíta italiano, morto em 1663 com aproximadamente cinqüenta anos, autor de *Physico-mathesis de lumine, coloribus et iride, aliisque annexis*.

tão pouco; enfim, o que Newton eleva até as verdades mais sutis e mais ousadas que o espírito humano possa atingir, verdades que nos revelam um novo mundo, mas que ainda deixam uma nuvem atrás de si.

Será publicado um livro sobre a *gravitação* dos astros, sobre a parte admirável das demonstrações de Newton; quem não te será grato se contares a história da *gravitação* dos astros, desde Copérnico, que a entreviu, desde Kepler, que ousou anunciá-la como por instinto, até Newton, que demonstrou à Terra atônita que ela pesa sobre o sol, e o sol sobre ela?

[4]Atribui a Descartes e a Harriot a arte de aplicar a álgebra à medida das curvas; a Newton e, em seguida, a Leibniz o cálculo diferencial e integral. Menciona na devida ocasião os inventores de todas as novas descobertas. Que tua publicação seja um registro fiel da glória dos grandes homens.

Acima de tudo, ao expor opiniões, apoiando-as ou combatendo-as, evita palavras injuriosas que irritam um autor e muitas vezes toda uma nação, sem esclarecer ninguém. Exclui animosidade e ironia. Que dirias de um procurador que, resumindo um processo inteiro, ultrajasse com palavras mordazes a parte que condena? O papel de um jornalista não é tão respeitável, mas seu dever é praticamente o mesmo. Por não acreditares na harmonia preestabelecida, irás acaso criticar Leibniz? [5]Insultarás Locke, porque ele acredita ser Deus bastante poderoso para dar, se quiser, pensamento à matéria? Não acreditas que Deus, que tudo criou, pode tornar eternos essa matéria e esse dom de pensar? que, se criou nossas almas, pode também criar milhares de seres diferentes da matéria e da alma? que assim o

....

4. A primeira frase dessa alínea não está no *Mercure* de 1744. É de 1765, como todas as outras adições e correções.

5. O final desta alínea não está no *Mercure*.

sentimento de Locke é respeitoso para com a Divindade, sem ser perigoso para os homens? Se Bayle, que sabia muito, muito duvidou, pensa que ele nunca duvidou da necessidade de ser homem honrado. Sê pois como ele e não imites absolutamente esses pequenos espíritos que ultrajam com indignas injúrias um ilustre morto que não teriam ousado atacar em vida.

Sobre a história

Aquilo que os jornalistas mais gostam, talvez, de discutir são os escritos de história: é o que mais está ao alcance de todos os homens, e o que mais lhes agrada. Não que, no fundo, não tenhamos ao menos tanta curiosidade de conhecer a natureza quanto de saber o que fez Sesóstris ou Baco; mas exige dedicação examinar, por exemplo, por que máquina se poderia fornecer bastante água à cidade de Paris, o que contudo é de nosso interesse; e basta-nos abrir os olhos para ler os antigos contos que nos são transmitidos com o nome de *histórias*, que nos repetem todos os dias e que têm pouco interesse para nós.

Se estiveres comentando a história antiga, proscreve, conjuro-te, todas as exclamações contra certos conquistadores. Deixa Juvenal e Boileau, do fundo de seus gabinetes, passar carraspanas em Alexandre, a quem teriam incensado à exaustão se tivessem vivido sob ele; que chamem Alexandre de insensato[6]; tu, filósofo imparcial, vê em Alexandre o capitão-general da Grécia, semelhante quase a um Scanderbeg, a um Huníade, encarregado como eles de vingar seu país, porém mais feliz, maior, mais educado e mais magnífico. Não o mostres apenas subjugando todo o império do

---

6. Juvenal, sátira X, verso 168; Boileau, sátira VIII, versos 99, 109-110.

inimigo dos gregos e levando suas conquistas até a Índia, à qual se estendia a dominação de Dario; mas representa-o dando leis no meio da guerra, formando colônias, estabelecendo o comércio, fundando Alexandria e Scanderon[7], que são hoje o centro do comércio do Oriente. É sobretudo por esse ângulo que devemos considerar os reis; e é justamente o que negligenciamos. Que bom cidadão não preferirá que lhe falemos sobre as cidades e os portos que César construiu, sobre o calendário que reformou, etc. a que falemos sobre os homens que mandou degolar?

Inspira sobretudo aos jovens mais gosto pela história dos tempos recentes, que é para nós uma necessidade, do que pela antiga, que não passa de curiosidade; que cogitem que a moderna tem a vantagem de ser mais certa, pelo próprio fato de ser moderna.

Gostaria sobretudo que recomendasses começar seriamente o estudo da história no século que precede imediatamente Carlos V, Leão X, Francisco I. Foi então que se fez no espírito humano, assim como no nosso mundo, uma revolução que mudou tudo[8].

....

7. Skenderoun é a Alexandria da Síria, a 140 quilômetros de Alep, à qual serve de porto.

8. Podemos ler, além disso, na edição de 1744:

"Constantinopla é tomada, e o poderio dos turcos se estabelece na Europa; a América é descoberta e conquistada; a Europa se enriquece com os tesouros do novo mundo. Veneza, que realizava todo o comércio, perde este privilégio. Os portugueses atravessam o cabo da Boa Esperança, estabelecem o comércio com as grandes Índias pelo Oceano. A China, o Sião tornam-se aliados dos reis europeus. Uma nova política, que estabelece o equilíbrio da Europa, ergue uma barreira insuperável contra a ambição da monarquia universal.

"Uma nova religião divide o mundo cristão de crença e de interesse. As letras, todas as belas-artes, renascem, brilham na Itália e espalham uma débil aurora na França, na Inglaterra e na Espanha; as línguas da Europa e os costumes se refinam. Enfim, é um novo caos que se desenha, e do qual nasce o mundo cristão tal como é hoje. O belo século de Luís XIV, etc."

O belo século de Luís XIV termina de aperfeiçoar o que Leão X, todos os Médicis, Carlos V, Francisco I haviam começado. Trabalho há muito na história deste último século[9], que deve ser o exemplo dos séculos futuros; tento mostrar o progresso do espírito humano e de todas as artes, sob Luís XIV. Possa eu, antes de morrer, deixar esse monumento à glória de minha nação! Tenho materiais suficientes para erguer esse edifício. Não me faltam Memórias sobre os benefícios que o grande Colbert proporcionou e queria oferecer à nação e ao mundo; sobre a vigilância incansável, sobre a previdência de um ministro da guerra[10], nascido para ser o ministro de um conquistador; sobre as revoluções havidas na Europa; sobre a vida privada de Luís XIV, que foi na existência doméstica o exemplo dos homens, como foi algumas vezes o dos reis. Tenho Memórias[11] sobre erros inseparáveis da humanidade, dos quais gosto de falar apenas porque lhe realçam as virtudes; e já aplico a Luís XIV[12] esta bela frase de Henrique IV, que dizia ao embaixador dom Pedro: "Que dizes! teu mestre não tem pois virtudes bastantes para ter defeitos?" Mas temo não ter nem tempo nem forças para levar esta grande obra até o final.

Rogo-te expor de forma clara que, se nossas histórias modernas escritas por contemporâneos são mais certas, em geral, que todas as histórias antigas, são por vezes mais duvidosas nos detalhes. Explico-me. Os homens diferem entre si quanto ao estado, ao partido, à religião. O guerreiro, o magistrado, o jansenista, o molinista[13] não vêem os mesmos

....

9. Ver os tomos XIV e XV de *Oeuvres complètes*. [Todas as referências às obras de Voltaire remetem às *Oeuvres complètes de Voltaire*, Paris, Garnier Frères, Libraires-Éditeurs, 1879. (N. da T.)]
10. Louvois.
11. A edição de 1744 traz: "Ouso falar dos erros inseparáveis, etc."
12. No *Mercure*, lemos: "a ***", em vez de "a Luís XIV".
13. No *Mercure*, em vez de *o jansenista, o molinista*, temos apenas o***, o***.

fatos com os mesmos olhos: tal é o vício de todas as épocas. Um cartaginês não teria escrito as guerras púnicas no espírito de um romano, e teria censurado a Roma a má-fé de que Roma acusava Cartago. Não temos historiadores antigos que tenham escrito uns contra os outros sobre um mesmo acontecimento: teriam semeado a dúvida sobre coisas que hoje consideramos incontestáveis. Por pouco verossímeis que sejam, respeitamo-las por duas razões: porque são antigas e porque não foram contraditas.

Nós, historiadores contemporâneos, somos um caso bem diferente; acontece-nos muitas vezes a mesma coisa que às potências em guerra. Soltamos para Viena, Londres, Versalhes fogos de artifício por batalhas que ninguém ganhou[14]: cada partido canta vitória, cada um tem razão por seu lado. Vê quantas contradições sobre Maria Stuart, sobre as guerras civis na Inglaterra, sobre os distúrbios da Hungria, sobre o estabelecimento da religião protestante, sobre o concílio de Trento[15]. Fala da revogação do Édito de Nantes para um burgomestre holandês, trata-se de uma tirania imprudente; consulta um ministro da corte da França, trata-se de uma política sábia. Que digo? A mesma nação, ao cabo de vinte anos, não tem as mesmas idéias que tinha sobre o mesmo acontecimento e a mesma pessoa: disso fui testemunha a respeito do finado rei Luís XIV. Com quantas contradições, porém, não terei ainda que deparar quanto à história de Carlos XII! Escrevi sua singular vida com base nas Memórias do senhor Fabrice, oito anos seu favorito; com base nas cartas do senhor De Fierville, enviado da França junto a ele; nas do senhor De Villelongue, por muito tempo coronel a seu serviço; nas do senhor De Poniatowski. Consultei o senhor De Croissy, embaixador de França junto

....
14. O início dessa frase não consta no *Mercure*.
15. Esta frase não está no *Mercure*.

a esse príncipe, etc. Acabo de saber que o senhor De Nordberg, capelão de Carlos XII, escreveu uma história sobre seu reinado. Tenho certeza de que o capelão terá, muitas vezes, visto as mesmas coisas com olhos diferentes dos do favorito do embaixador. Que partido tomar nesse caso? corrigir-me imediatamente nas coisas em que esse novo historiador evidentemente tiver razão, e deixar as outras ao juízo dos leitores imparciais. Que sou eu em tudo isso? Um simples pintor que busca representar com incerto mas verdadeiro pincel os homens tal como foram. Pouco me importam Carlos XII e Pedro, o Grande, exceto pelo bem que o último possa ter feito aos homens. Não tenho nenhum motivo para elogiá-los ou difamá-los. Irei tratá-los como a Luís XIV[16], com o respeito que devemos às cabeças coroadas mortas recentemente, e com o respeito que devemos à verdade, que jamais morrerá.

Sobre a comédia

Passemos às belas letras, que constituirão um dos principais artigos de teu jornal. Pretendes falar bastante das peças de teatro. Este projeto é tanto mais razoável quanto o teatro está cada vez mais apurado entre nós, tendo-se tornado uma escola de costumes. Evitarás sem dúvida seguir o exemplo de alguns escritores periódicos, que procuram rebaixar todos os seus contemporâneos e desestimular as artes, das quais um bom jornalista deve ser o sustentáculo. É justo preferir Molière aos cômicos de todas as épocas e de todos os países; mas não exclues ninguém. Imita os sábios italianos, que colocam Rafael antes de todos, mas admiram os Paulo Veronese, os Carracci, os Corregio, os Domenichi-

---

16. As palavras *como a Luís XIV* não estão no *Mercure*.

no, etc. Molière é o primeiro; mas seria injusto e ridículo não colocar *O jogador* ao lado de suas melhores peças. Recusar sua estima a *Os menecmos*, não se divertir muito com *O herdeiro universal*, seria coisa de um homem sem justiça e sem gosto; e quem não aprecia Regnard não é digno de admirar Molière.

Ousa declarar com coragem que muitas de nossas pequenas peças, como *O ralhador*[17], *O galante jardineiro*[18], *A pupila*[19], *A dupla viuvez*[20], *O espírito de contradição*[21], *A coquete da aldeia*[22], *O florentino*[23], etc. são superiores à maioria das pequenas peças de Molière; digo superiores pela fineza dos caracteres, pelo espírito que apimenta a maioria delas e mesmo pelo bom gracejo.

Não pretendo aqui entrar no detalhe de tantas peças novas, nem me indispor com muita gente por prestar louvores a poucos escritores, que talvez nem gostassem disso; mas direi audaciosamente: Quando nos apresentarem peças repletas de costumes e que suscitem nosso interesse, como *O preconceito em moda*; quando os franceses forem bastante felizes para serem agraciados com uma peça como *O glorioso*, não queiras absolutamente diminuir seu sucesso, com o pretexto de que não são comédias no espírito de Molière; evita essa perniciosa obstinação, que nasce unicamente da inveja, não busques proscrever as cenas ternas que se encontram nessas obras: pois, quando uma comédia, além do mérito que lhe é próprio, tem também o de interessar, é pre-

---

17. De Brueys e Palaprat.
18. De Dancourt.
19. De Fagan.
20. De Dufresny.
21. De Dufresny.
22. De Dufresny.
23. De La Fontaine.

ciso estar de muito mau humor para nos irritarmos pelo fato de estarem oferecendo ao público um prazer a mais.

Ouso dizer que, se as peças excelentes de Molière fossem um pouco mais interessantes, veríamos mais gente em suas apresentações: *O misantropo* seria tão visto quanto é estimado. A comédia não deve degenerar em tragédia burguesa: a arte de estender seus limites, sem os confundir com os da tragédia, é uma grande arte que seria belo estimular e vergonhoso querer destruir. É uma arte saber considerar devidamente uma peça de teatro. Sempre reconheci o espírito dos jovens pelo detalhe com que expunham uma peça nova a que acabavam de assistir; e observei que todos os que melhor se desincumbiam foram os que, mais tarde, obtiveram melhor reputação em seus empregos: tanto é verdade que no fundo o espírito dos negócios e o verdadeiro espírito das belas letras são o mesmo!

Expor em termos claros e elegantes um tema que algumas vezes é intrincado e, sem se ater à divisão dos atos, esclarecer a intriga e o desfecho, contá-los como uma história interessante, pintar com uma pincelada os personagens, dizer em seguida o que pareceu mais ou menos verossímil, bem ou mal preparado, reter os versos mais felizes, apreender habilmente o mérito ou o vício geral do estilo: é o que vi fazerem algumas vezes, mas isso é bastante raro nas pessoas de letras que tomam a si mesmas por objeto de estudo, pois é mais fácil para certos espíritos acompanhar suas próprias idéias que considerar as dos outros.

Da tragédia

Direi da tragédia quase o mesmo que disse da comédia. Sabes a honra que esta bela arte conferiu à França, arte tão mais difícil e tão mais elevada que a comédia que é preciso ser realmente poeta para fazer uma bela tragédia, ao passo que a comédia exige apenas algum talento para os versos.

Tu que entendes tão bem Sófocles e Eurípedes, não busques uma vã recompensa pelo trabalho que te custou entendê-los, no infeliz prazer de preferi-los, contra teu sentimento, a nossos grandes autores franceses. Lembra que, quando te desafiei a mostrar-me, nos trágicos da antiguidade, trechos comparáveis a certas iluminações das peças de Pierre Corneille, e não das melhores, confessaste que era coisa impossível. Essas iluminações de que falo eram, por exemplo, esses versos da tragédia de *Nicomedes*. Quero, diz Prusias[24],

> Quero harmonizar amor e instinto
> Nessa conjuntura ser pai e marido.

NICOMEDES
Senhor, escutai o que vos direi
Não sejais nem um nem outro.

PRUSIAS
Que devo então ser?

NICOMEDES
Rei.
Retomai altaneiramente este nobre caráter.
Um verdadeiro rei não é marido nem pai:
Ele olha seu trono e nada mais. Reinai.
E Roma vos temerá mais do que a temeis.

Não inferirás que as últimas peças desse pai do teatro são boas por nelas encontrarmos tão belos rasgos: afirma, junto com todo o público, sua extrema fragilidade.

---

24. *Nicomedes*, tragédia, ato IV, cena III. (*Nota de Voltaire.*)

Agésilas e *Suréna* em nada podem diminuir a honra que *Cinna* e *Polieucto* conferem à França. O senhor de Fontenelle, sobrinho do grande Corneille, diz, na Vida de seu tio, que se o provérbio *É belo como o Cid* não teve uma vida longa os responsáveis foram os autores que tinham interesse em aboli-lo. Não, os autores não podiam causar a queda do provérbio mais do que a do *Cid*: foi o próprio Corneille que o destruiu; a responsável foi *Cinna*. Não digas, como o abade de Saint-Pierre, que daqui a cinqüenta anos ninguém mais encenará as peças de Racine. Lamentarei nossos jovens se já não apreciarem essas obras-primas de elegância. Como seu coração será formado, se Racine já não os interessar?

Parece que os bons autores do século de Luís XIV durarão tanto quanto a língua francesa; mas não desestimules seus sucessores afirmando que as fileiras já estão cheias, e que já não há lugar. Corneille não é bastante interessante; muitas vezes Racine não é bastante trágico. O autor de *Venceslau*, o de *Radamisto* e de *Eletra*, com seus grandes defeitos, têm belezas particulares que não encontramos nesses dois grandes homens; e podemos presumir que essas três peças estarão sempre em cartaz no teatro francês, já que se mantiveram em cena com atores diferentes: pois nisso consiste a verdadeira prova de uma tragédia.

Que direi de *Mânlio*, peça digna de Corneille, e do belo papel de *Ariane*, e do grande interesse que reina em *Amásis*[25]? Não falarei das peças produzidas nos últimos vinte anos: como compus algumas delas, não me cabe ousar apreciar o mérito dos contemporâneos que valem mais do que eu; e, quanto às minhas obras de teatro, tudo o que posso dizer, e rogo-te repeti-lo aos leitores, é que as corrijo todos os dias.

---

25. Tragédias de Lafosse, Thomas Corneille, La Grange-Chancel.

Mas, quando surgir uma peça nova, nunca digas, como o odioso autor das *Observações*[26] e de tantas outras brochuras[27]: *A peça é excelente*, ou *ela é ruim*; ou *tal ato é impertinente, tal papel é lamentável*. Demonstra solidamente o que achas e deixa ao público a tarefa de julgar. Podes ter certeza de que o veredicto será contra ti todas as vezes que decidires sem prova, mesmo que tiveres razão: pois não é teu juízo que pedem, mas o relato de um processo que o público deve julgar.

O que sobretudo tornará precioso teu jornal será teu cuidado de comparar as peças novas com as dos países estrangeiros baseadas no mesmo tema, justamente o que não foi feito no século passado, quando se procedeu ao exame do *Cid*: não foram reproduzidos mais que alguns versos do original espanhol; era preciso comparar as situações. Suponhamos que hoje estejam encenando *Mânlio*, de La Fosse, pela primeira vez; seria muito agradável expor aos olhos do leitor a tragédia inglesa[28] da qual esta foi extraída. Surge um livro instrutivo sobre as peças do ilustre Racine; demove o público da falsa idéia de que jamais os ingleses puderam admitir o tema de *Fedra* em seus palcos. Mostra aos leitores que a *Fedra* de Smith é uma das mais belas peças representadas em Londres. Mostra-lhes que o autor imitou totalmente Racine, até no amor de Hipólito; que se misturou a intriga de *Fedra* e a de *Bajazet*, e que no entanto o autor se gaba de ter tirado tudo de Eurípedes. Acredito que os leitores ficariam encantados de ter sob os olhos a comparação de algumas cenas da *Fedra* grega, da latina, da francesa e

....

26. No *Mercure*, lemos apenas: "Nunca digas: *A peça, etc.*"
27. *Observações sobre os escritos modernos* (pelo abade Desfontaines e outros), 1735 e anos seguintes, 33 volumes e 72 páginas in-12.
28. *Veneza salva*, de Otway. Tudo o que Voltaire diz aqui é posto em prática em seu *Comentário sobre Corneille*, trinta anos mais tarde. (G.A.)

da inglesa. Assim, a meu ver, a prudente e sadia crítica aperfeiçoaria mais o gosto dos franceses, e talvez da Europa. Mas que verdadeira crítica temos depois daquela que a Academia Francesa fez do *Cid* e à qual ainda faltam tantas coisas quanto ao próprio *Cid*?

Dos poemas

Disseminarás muito encanto em teu jornal se o adornares de tempos em tempos com aqueles pequenos poemas fugidios, dispostos no canto adequado, de que as carteiras dos curiosos estão cheias. Temos versos do duque de Nevers, do conde Antoine Hamilton, nascido na França[29], que respiram ora o fogo poético, ora a terna facilidade do estilo epistolar. Temos mil pequenas obras encantadoras de D'Ussé[30], de Saint-Aulaire, de Ferrand, de La Faye, de Fieubet, do presidente Hénault[31] e de tantos outros. Esse tipo de pequenas obras de que falo bastavam antigamente para fazer a reputação dos Voiture, dos Sarrasin, dos Chapelle. Esse mérito, então, era raro. Hoje que é mais difundido talvez confira menos reputação; mas não proporciona menos prazer aos leitores delicados. Nossas canções superam as de Anacreonte, e seu número é espantoso. Algumas chegam a mesclar moral e humor e, anunciadas com arte, não

....
29. Antoine Hamilton foi educado na França, mas nasceu na Irlanda, por volta de 1646. Morreu em Saint-Germain-en-Laye em 1720. Voltaire, que o acreditava francês, incluiu-o em sua *Lista dos escritores franceses*, no início do *Século de Luís XIV*; ver tomo XIV das *Oeuvres complètes*.
30. O D'Ussé mencionado aqui é sem dúvida aquele ao qual é dedicada a ode de J.-B. Rousseau (II, IV):
  Espírito nascido para servir de exemplo.
31. Assim consta na edição de 1765; o presidente Hénault ainda vivia. Na edição de 1744 encontramos: *do senhor presidente Hénault.*

aviltariam de modo algum um jornal sério. Seria aperfeiçoar o gosto, sem prejudicar os costumes[32], publicar uma canção tão graciosa quanto esta, do autor de *Dupla viuvez*[33]:

> Philis, avara mais que terna,
> Nada ganhando em recusar,
> Exigiu de Lisandro um dia
> Trinta carneiros para o beijar.
>
> No outro dia, novo negócio:
> Para o pastor a troca valeu,
> Trinta beijos por um carneiro
> A bela pastora lhe deu.
>
> No outro dia, Philis, mais terna,
> Querendo o pastor agradar,
> Trinta carneiros por um beijo
> Ficou feliz em lhe ofertar.
>
> No outro dia, Philis, mais sábia
> Carneiro e cão seria capaz de dar
> Por um beijo que o volúvel
> Em Lisette dava sem cobrar.

Como não tens todos os dias livros novos que mereçam teu exame, esses pequenos fragmentos de literatura preencherão muito bem os vazios de teu jornal. Quando houver livros de prosa ou poesia que estejam agitando Paris, dividindo os espíritos, e sobre os quais se desejaria uma crítica esclarecida, é nesse momento que se deve ousar servir de mestre ao público sem o aparentar; e, conduzindo-o como que pela mão, fazê-lo observar as belezas sem ênfase

---
32. O final dessa frase e a canção foram acrescentados em 1765.
33. Dufresny.

e os defeitos sem acrimônia. Desse modo estimarão em ti a crítica que detestam e desprezam em outros.

Um de meus amigos, examinando[34] três epístolas de Rousseau, em versos dissílabos[35], que levantaram muitos rumores há algum tempo, fez da segunda[36], na qual todos os nossos autores são insultados, o seguinte exame, do qual cito uma amostra, que parece ditada pela justeza e pela moderação. Eis o começo da carta que ele examinava:

> Todo instituto, arte, toda sociedade,
> Subordinada ao poder do capricho,
> Deve ser também assim para todos
> Subordinada aos diferentes gostos.
> Mas desses gostos a disparidade extrema,
> Pensando bem é um fraco problema;
> E digam o que for, nunca saberemos
> Contar mais que dois, um bom, outro mau.
> Por talentos que o trabalho cultiva,
> Ao primeiro passo a passo chegamos;
> E o público, cuja bondade adivinha,
> Por algum tempo nele se fixa e se mantém.
> Mas, deslumbrados enfim pelo brilho
> De uma moda desconhecida e nova,
> O tédio do belo faz amar o feio,
> E preferir o medíocre ao mais perfeito, etc.[37]

....

34. Ver o *Útil Exame* que precede.
35. As edições de 1744, 1765 e a edição encadernada de 1775 dizem *dissílabos*. Os editores de Kehl e seus sucessores escreveram *decassílabos*.
36. *Epístola a Tália*.
37.   Tout institut, tout art, toute police,
  Subordonnée au pouvoir du caprice,
  Doit être aussi conséquemment pour tous
  Subordonnée à nos différents goûts.
  Mais de ces goûts la dissemblance extrême,
  A le bien prendre, est un faible problème;
  Et quoi qu'on dise, on n'en saurait jamais

Eis o exame[38]:

Este primeiro verso: "Todo instituto, arte, toda sociedade" [*Tout institut, tout art, toute police*] parece ter o defeito, não digo de ser prosaico, porque todas as epístolas o são, mas de ser de uma prosa demasiado débil e desprovida de elegância e clareza.

A *sociedade* [*police*] parece não ter nenhuma relação com o gosto, tema desse escrito. Além disso, o termo *sociedade* [*police*] deveria figurar em versos?

Assim [*Conséquemment*] é dificilmente admitido na prosa nobre. A repetição da palavra *subordinada* [*subordonnée*] já seria viciosa[39] se esse termo fosse elegante, e mostra-se insuportável, já que esse termo é uma expressão mais adequada para os negócios do que para a poesia.

Disparidade [*Dissemblance*] não parece ser a palavra certa. A "disparidade dos gostos é um débil problema" [*la dissemblance de goûts est un faible problème*]: não creio que isso seja francês.

Pensando bem [*A le bien prendre*] parece uma expressão demasiado inútil e demasiado baixa.

Finalmente, parece que um *problema* [*problème*] não é nem fraco nem forte: pode ser fácil ou difícil e sua solução pode ser fraca, equívoca, errônea.

....

>
> Compter que deux, l'un bon, l'autre mauvais.
> Par des talents que le travail cultive,
> A ce premier pas à pas on arrive;
> Et le public, que sa bonté prévient,
> Pour quelque temps s'y fixe et s'y maintient.
> Mais, éblouis enfin par l'étincelle
> De quelque mode inconnue et nouvelle,
> L'ennui du beau nous fait aimer le laid,
> Et préférer le moindre au plus parfait, etc.

38. Como os comentários a seguir se referem à forma da epístola, deixamos as frases ou palavras francesas entre colchetes e em itálico. (N. da T.)

39. Em vez de *viciosa*, o *Mercure* traz *ridícula*.

> E digam o que for, nunca saberemos
> Contar mais que dois, um bom, outro mau.
> [*Et quoi qu'on dise, on n'en saurait jamais
> Compter que deux, l'un bon, l'autre mauvais.*]

Não apenas a poesia amável aceita mal esse ar de dilema e essa secura, como também a razão parece aceitar mal ver em oito versos "que toda arte está subordinada aos diferentes gostos e que contudo existem apenas dois gostos".

"Chegar ao gosto passo a passo" [*Arriver au goût pas à pas*] é também, acredito, uma maneira de falar pouco conveniente, mesmo em prosa.

> E o público, cuja bondade adivinha
> [*Et le public, que sa bonté prévient*]

Seria a bondade do público? Seria a bondade do gosto?

> O tédio do belo faz amar o feio,
> E preferir o medíocre ao mais perfeito.
> [*L'ennui du beau nous fait aimer le laid,
> Et préférer le moindre au plus parfait.*]

1º. *O belo e o feio* [*le beau et le laid*] são expressões reservadas ao baixo cômico. 2º. Se gostamos do feio, não é preciso dizer em seguida que preferimos o *menos perfeito* [*le moins parfait*]. 3º. O medíocre [*le moindre*] não se opõe gramaticalmente ao mais perfeito [*au plus parfait*]. 4º. *Medíocre* [*le moindre*] é uma palavra que nunca figura na poesia, etc.

Assim esse crítico mostrava, sem amargura, toda a fraqueza dessas epístolas. Não havia trinta versos[40], em todas as obras de Rousseau produzidas na Alemanha, que esca-

---

40. O *Mercure* diz apenas: "trinta versos que escapassem, etc.".

passem à sua justa censura. E, para melhor instruir os jovens, ele comparava esta obra com uma outra, do mesmo autor, a respeito de um tema de literatura mais ou menos semelhante. Relatava os versos da *Epístola às musas*, imitada de Despréaux; e esse objeto de comparação acabava de persuadir mais que as mais sólidas e sutis discussões.

Expondo todos esses versos dissilábicos[41], aproveitava ainda para mostrar que nunca se devem confundir os versos de cinco pés com os versos de Marot. Provava que o chamado estilo de Marot deve ser admitido apenas no epigrama e no conto, como as figuras de Callot no grotesco. Mas, quando temos que colocar a razão em versos, pintar, comover, escrever elegantemente, então essa mescla monstruosa da língua que se falava há duzentos anos com a língua de nossos dias parece o abuso mais condenável que já se insinuou na poesia. Marot falava sua língua; devemos falar a nossa. Esse amálgama é tão revoltante para os homens judiciosos quanto o seria a arquitetura gótica misturada com a moderna. Terás muitas vezes a ocasião de destruir esse falso gosto. Os jovens se dedicam a esse estilo, porque é desgraçadamente fácil.

Talvez tenha custado a Despréaux dizer de modo elegante:

Escolhe um censor sólido e salutar,
Que a razão conduza e o saber esclareça,
E cujo certeiro lápis vá primeiro buscar
O que sentimos fraco, e queremos ocultar[42].
[*Faites choix d'un censeur solide et salutaire,*
Que la raison conduise et le savoir éclaire,
Et dont le crayon sûr d'abord aille chercher
L'endroit que l'on sent faible, et qu'on se veut cacher.]

----

41. Cf. a nota 35 da página 16.
42. *Arte poética*, canto IV, versos 71-74.

Mas, se é difícil[43], é bastante elegante dizer:

> Assim, se Febo vos põe em cheque,
> Para bem julgar, consultai bom juiz.
> Para bem jogar, freqüentai bons jogadores;
> Temei acima de tudo o veneno dos aduladores;
> Aproximai-vos dos críticos fiéis[44].
> [*Donc si Phébus ses échecs vous adjuge,*
> *Pour bien juger consultez tout bon juge.*
> *Pour bien jouer, hantez les bons joueurs;*
> *Surtout craignez le poison des loueurs;*
> *Accostez-vous de fidèles critiques.*]

Não que se devam condenar versos familiares nesses poemas; ao contrário, eles são necessários, como as articulações no corpo humano, ou antes como descansos numa viagem:

> É questão de se ter uma linguagem ocasionalmente dura,
> mas geralmente vivaz, fazendo crer que se ouve um orador
> e um poeta, ou um homem urbano que emprega suas forças
> e as modera deliberadamente.
> [*Et sermone opus est, modo tristi, saepe jocoso,*
> *Defendente vicem modo rhetoris, atque poetae,*
> *Interdum urbani, parcentis viribus, atque*
> *Extenuantis eas consulto*[45].]

Nem tudo deve ser adornado, mas nada deve ser chocante. Uma linguagem obscura e grotesca não é sinônimo de simplicidade: é rematada grosseria.

....

43. As edições de Kehl trazem: "Mas se é bem fácil." A edição de 1765 diz: "Mas se é bem difícil." No *Mercure* consta: "Mas se é bem difícil." (B.)
44. J.-B. Rousseau, *Epístola a Marot*, versos 221-25.
45. Horácio, livro I, sátira X, versos 11-14.

Miscelâneas de literatura e anedotas literárias

Reúno aqui, com o nome de *Miscelâneas de literatura*, todos os escritos avulsos de história, eloqüência, moral, crítica, e esses pequenos romances tão freqüentemente publicados. Possuímos obras-primas em todos esses gêneros. Não creio que outra nação possa se gabar de tão grande número de tão lindos livros de belas-letras. É verdade que hoje esse gênero fácil produz uma infinidade de autores; contaríamos quatro ou cinco mil nos últimos cem anos. Mas um leitor se comporta com os livros como um cidadão com os homens. Não convivemos com todos os nossos contemporâneos. Escolhemos alguns amigos. Não devemos nos abalar mais ao ver 150 mil volumes na biblioteca do rei do que ao verificar que existem setecentos mil homens em Paris. Os livros de pura literatura, nos quais encontramos freqüentemente coisas agradáveis, divertem sucessivamente os homens honrados, relaxam o homem sério no intervalo de seus afazeres e conservam na nação a flor do espírito e a delicadeza que constituem seu caráter.

Não condenes com dureza tudo o que não seja La Rochefoucauld ou La Fayette, tudo o que não seja tão perfeito quanto a *Conspiração de Veneza* do abade de Saint-Réal, tão agradável e original quanto a *Conversação entre o Padre Canaye e o marechal de Hocquincourt*, escrita por Charleval, à qual Saint-Évremond acrescentou um final menos agradável e que esmorece um pouco; enfim, tudo o que não seja tão natural, tão refinado, tão alegre quanto *A viagem*, apesar de um pouco desigual, de Bachaumont e de Chapelle.

Não; se o poeta de Meônia, Homero, ocupa o primeiro lugar, as Camenas de Píndaro não ficam escondidas,

nem as céias, nem as beligerantes alcéias,
nem as poderosas estesícoras.
[*Non, si priores Maeonius tenet
Sedes Homerus, Pindaricae latent
Coaeque, et Alcaei minaces,
Stesichorique graves Camoenae.*]

E a idade também não apagou a poesia com que
se regozijou Anacreonte; o amor ainda respira
e estão vivos ainda os ardores que a jovem da Eólia
confiou à sua lira.
[*Nec, si quid olim lusit Anacreon,
Delevit aetas; spirat adhuc amor,
Viuntque commissi calores
Aeoliae fidibus puellae*[46].]

Na exposição que farás desses livros engenhosos, brincando, como eles, com teus leitores e espalhando as flores junto com esses autores dos quais estarás falando, não cairás naquela severidade de alguns críticos, que querem que tudo seja escrito ao gosto de Cícero ou de Quintiliano. Vociferam que a eloqüência está corrompida, o bom gosto perdido, porque se pronunciou numa academia um discurso brilhante que não seria adequado num tribunal. Querem que um conto seja escrito no estilo de Bourdaloue. Não distinguirão jamais as épocas, os lugares e as pessoas? Querem que Jacó, no *Camponês parvenu*[47], se exprima como Pellisson ou Patru? Uma eloqüência viril, nobre, inimiga de ornamentozinhos convém a todas as grandes obras. Um pensamento demasiado refinado seria uma mácula no *Discurso sobre a história universal* do eloqüente Bossuet. Mas num livro de entretenimento, num cumprimento, num chiste, to-

---

46. Horácio, livro IV, ode IX, versos 5-12.
47. Romance de Marivaux, publicado em 1735.

das as graças ligeiras, a ingenuidade ou o refinamento, os mais ínfimos ornamentos encontram seu lugar. Examinemos a nós mesmos. Acaso falamos de negócios no mesmo tom de uma conversa ao jantar? Os livros são o retrato da vida humana; os sólidos são necessários, e os agradáveis devem ser permitidos.

Nunca te esqueças, ao relatar as engenhosas iluminações de todos esses livros, de indicar os que são mais ou menos similares nos outros povos, ou nos nossos autores antigos. Poucos pensamentos já não se encontram em Sêneca, Luciano[48], Montaigne, Bacon, no *The Spectator*. Compará-los (e nisso consiste o gosto) é incitar os autores a dizer, se possível, coisas novas; é estimular a emulação, mãe de todas as artes. Que satisfação para um leitor delicado ver de repente as idéias que Horácio exprimiu em versos descuidados, mas com palavras tão expressivas; o que Despréaux expressou de maneira tão correta; o que Dryden e Rochester renovaram com o fogo de seu gênio! Esses paralelos são como a anatomia comparada, que faz conhecer a natureza. É desse modo que muitas vezes mostrarás, não apenas o que um autor disse, mas o que poderia ter dito: pois, se não fazes mais do que o repetir, para que fazer um jornal?

Há, principalmente, anedotas literárias sobre as quais é sempre bom instruir o público, a fim de entregar a cada um o que lhe pertence. Explica ao público, por exemplo, que a *Obra de arte de um desconhecido*, ou *Mathanasius*, é do falecido senhor De Sallengre e de um ilustre matemático[49], excelente em todo gênero de literatura, e que acrescenta espírito à erudição, enfim, de todos os que trabalhavam em

....

48. As edições de 1744, 1765, 1775 dizem *Graciano* em vez de *Luciano*.
49. Sallengre e S'Gravesande podem ter dado alguns conselhos ou fornecido algumas citações a Saint-Hyacinthe, mas este último é o autor da *Obra de arte de um desconhecido*. (B.)

Haia no *Jornal literário*, e que o senhor de Saint-Hyacinthe apresenta a canção com muitas modificações. Mas, se anexarem a essa brincadeira uma infame brochura[50], digna da mais vil canalha e feita decerto por um desses maus franceses que vão aos países estrangeiros desonrar as belas-letras e sua pátria, mostra o horror e o ridículo dessa junção monstruosa.

Do vingar os bons escritores dos detratores obscuros que os atacam faze sempre um ponto de honra; desarma os artifícios da inveja; publica, por exemplo, que os inimigos de nosso ilustre Racine mandaram reimprimir alguns velhos escritos esquecidos, nos quais inseriram mais de cem versos desse poeta admirável[51], para fazer crer que ele os havia roubado. Vi um intitulado *São João Batista*, no qual havia uma cena quase inteira de *Berenice*. Esses infelizes, levados à cegueira por sua paixão, não sentiam nem mesmo a diferença dos estilos e acreditavam poder nos enganar: tanto o furor da inveja é freqüentemente absurdo!

Defendendo os bons autores contra a ignorância e a inveja que imputam a eles obras medíocres, também não permitas que se atribuam a grandes homens livros talvez bons em si mesmos, mas que se querem tornar dignos de crédito por meio de nomes ilustres aos quais não pertencem[52]. O abade de Saint-Pierre concebe um projeto ousado e sujeito a extremas dificuldades; coloca sob o nome de um delfim da França. Mostra modestamente que não devemos, sem

....
50. *Deificação do incomparável doutor Aristarchus Masso*, publicado pela primeira vez na edição de 1732 de *Obra de arte de um desconhecido*. Numa carta inserida na *Bibliothèque française*, tomo XL, pp. 329-39, e endereçada a Voltaire, Saint-Hyacinthe declara ser o autor da *Obra de arte de um desconhecido* e queixa-se contra o epíteto de *infame*, que Voltaire dá à *Deificação*. Ver *Voltaire à Cirey*, do senhor Gust. Desnoiresterres, pp. 212-3.
51. O final dessa frase não está no *Mercure*.
52. Lemos no *Mercure*: "Não pertencem. O *Projeto* da pretensa, etc."

provas muito fortes, atribuir essa obra a um príncipe nascido para reinar.

Esse *Projeto* da pretensa *paz universal*, atribuído a Henrique IV pelos secretários de Maximiliano de Sully, que redigiram suas Memórias, não existe em nenhum outro lugar. As Memórias de Villeroi não dizem uma palavra sobre ele; não vemos nenhum vestígio dele em nenhum livro da época. Soma a esse silêncio a consideração do estado em que a Europa se encontrava então e vê se um príncipe tão sábio quanto Henrique, o Grande, poderia conceber um projeto de execução impossível.

Se reimprimirem, como ouvi dizer, o famoso livro conhecido com o nome de *Testamento político do cardeal Richelieu*, mostra o quanto devemos duvidar que esse ministro seja seu autor.

I. Porque nunca o manuscrito foi visto nem conhecido por seus herdeiros nem pelos ministros que o sucederam.

II. Porque foi impresso trinta anos após sua morte, sem ter sido anunciado antes.

III. Porque o editor não ousa nem mesmo dizer quem lhe entregou o manuscrito, o que foi feito dele, em que mãos o colocou.

IV. Porque é de um estilo muito diferente das outras obras do cardeal Richelieu.

V. Porque seu nome é assinado de um modo que não lhe era usual.

VI. Porque na obra há muitas expressões e idéias pouco adequadas a um grande ministro que fala a um grande rei. Não é verossímil que um homem tão educado quanto o cardeal Richelieu chamasse a dama de honra da rainha de *a Du Fargis*, como se estivesse falando de uma mulher pública. É acaso verossímil que o ministro de um rei de quarenta anos dirija-lhe sermões mais adequados a um jovem delfim que se está educando do que a um monarca idoso de quem se depende?

No primeiro capítulo, ele prova que devemos ser castos. Acaso tal discurso é adequado à boca de um ministro que teve publicamente mais amantes que seu senhor e que não era conhecido por sua discrição com relação a elas?[53] No segundo capítulo expõe a nova proposição de que a razão deve ser a regra da conduta. Em outro ele diz que a Espanha, dando um milhão por ano aos protestantes, tornava as Índias, que forneciam esse dinheiro, *tributárias do inferno*: expressão mais digna de um mau orador que de um ministro prudente como esse cardeal. Em outro, ele designa o duque de Mântua como *esse pobre príncipe*. Finalmente, será verossímil que tenha relatado ao rei as sábias palavras de Bautru e cem minúcias desse gênero num testamento político?

VII. Como aquele que fez falar o cardeal Richelieu pôde fazê-lo dizer, nas primeiras páginas, que ao ser chamado ao conselho prometeu ao rei submeter seus inimigos, os huguenotes, e os grandes do reino? Devemos lembrar que o cardeal Richelieu, reintroduzido no conselho por graça da rainha mãe, foi apenas o segundo durante mais de um ano e estava então muito longe de ter ascendência sobre o espírito do rei e de ser primeiro-ministro.

VIII. Afirma-se, no segundo capítulo do primeiro livro, que durante cinco anos o rei gastou, com a guerra, sessenta milhões por ano, que valem aproximadamente cento e vinte de nossa moeda, e isso sem deixar de pagar os encargos do Estado e sem recursos extraordinários. E, por outro lado, no capítulo IX, parte II, diz-se que em tempos de paz entravam por ano, no tesouro, cerca de trinta e cinco milhões, dos quais ainda se devia deduzir muito. Não existe entre esses dois cálculos uma evidente contradição?

....
53. O início dessa alínea não está no *Mercure*.

IX. Será próprio de um ministro chamar a todo momento as rendas a oito, a seis, a cinco por cento, de rendas a denário oito, a denário seis, a denário cinco? O denário cinco eqüivale a vinte por cento, e o denário vinte a cinco por cento: são coisas que um aprendiz não confundiria.

X. É verossímil que o cardeal Richelieu chamasse os parlamentos de *cortes soberanas* e que propusesse, no capítulo IX, parte II, que essas cortes soberanas recebessem a talha?

XI. É verossímil que tenha proposto suprimir as gabelas? esse projeto não teria sido concebido mais por um político ocioso do que por um homem criado no seio dos negócios?

XII. Finalmente, não é visível o quanto é inacreditável que um ministro, no meio da mais viva guerra, tenha intitulado um capítulo: *Sucinta narração das ações do rei até a paz?*

Essas são razões suficientes para duvidar que esse grande ministro seja o autor desse livro. Lembro-me de ter ouvido, na minha infância, um velho muito bem informado dizer que o *Testamento político* era do abade Bourzeis, um dos primeiros acadêmicos e homem bastante medíocre. Mas creio que é mais fácil saber de quem não é esse livro do que conhecer seu autor[54]. Observa aqui como é a fraqueza humana. Todos admiram esse livro por acreditá-lo de um grande ministro. Se soubessem que era do abade Bourzeis, ninguém o leria. Fazendo assim justiça a todo o mundo, pesando tudo numa balança exata, levanta-te, acima de tudo, contra a calúnia[55].

Conhecemos, na Holanda e em outros lugares, essas publicações periódicas aparentemente destinadas a instruir,

---
54. O *Mercure* traz: "Seu autor; e fazendo assim justiça, etc."
55. Lemos no *Mercure*: "Contra a calúnia. Fala com coragem contra essas injustiças e mostra, etc."

mas de fato compostas para difamar; vimos autores que o chamariz do ganho e a malignidade transformaram em satíricos mercenários, e que venderam publicamente seus escândalos, como Locusto vendia venenos. Dentre aqueles que assim desonraram as letras e a humanidade, que me seja permitido citar um que, como prêmio pelo maior serviço que talvez um homem possa prestar a outro homem, declarou-se durante tantos anos meu mais cruel inimigo. Vimo-lo imprimir publicamente, distribuir e vender pessoalmente um libelo infame, digno de toda a severidade das leis[56]; vimo-lo em seguida, com a mesma mão com que escrevera e distribuíra essas calúnias, repudiá-las quase tão vergonhosamente quanto ao publicá-las. "Eu me sentiria desonrado, diz ele na declaração dada aos magistrados; eu me sentiria desonrado se tivesse tido a menor participação nesse libelo, inteiramente calunioso, escrito contra um homem pelo qual nutro todos os sentimentos de estima, etc. *Assinado*: abade Desfontaines."

É a esses infelizes extremos que somos reduzidos quando fazemos da arte de escrever tão detestável uso.

Li, num livro intitulado *Diário*, que não é de espantar que os jesuítas tomem às vezes o partido do ilustre Wolf, porque todos os jesuítas são ateus.

Fala com coragem contra essas execráveis injustiças e mostra a todos os autores dessas infâmias que o desprezo e o horror do público serão sua eterna recompensa.

Sobre as línguas

Um bom jornalista deve saber ao menos inglês e italiano; pois há muitas obras de gênio nessas línguas, e o gênio

....
56. A *Voltairomanie*.

quase nunca é traduzido. São essas, acredito, as duas línguas da Europa mais necessárias a um francês. Os italianos foram os primeiros a tirar as artes da barbárie; e há tanta grandeza, tanta força de imaginação mesmo nos erros dos ingleses, que nunca será demais aconselhar o estudo de sua língua.

É triste que o grego seja negligenciado na França; mas não é permitido a um jornalista ignorá-lo. Sem esse conhecimento, há um grande número de palavras francesas das quais ele terá sempre apenas uma idéia confusa: pois, da aritmética à astronomia, qual termo de arte não deriva dessa língua admirável? Dificilmente há um músculo, uma veia, um ligamento em nosso corpo, uma doença, um remédio cujo nome não seja grego. Escolhe dois jovens, dos quais um saiba essa língua e o outro não; dos quais nem um nem outro tenha a menor noção de anatomia; que ouçam dizer que um homem está com *diabetes*[57], que outro deve sofrer uma *paracentese*, que outro ainda tem uma *anquilose* ou uma *bubonocele*: aquele que sabe grego entenderá imediatamente do que se trata, porque percebe como essas palavras são compostas; o outro não entenderá absolutamente nada.

Vários maus jornalistas ousaram preferir a *Ilíada* de Lamotte à *Ilíada* de Homero. Certamente, se tivessem lido Homero na língua dele, teriam percebido que a tradução[58] é tão inferior ao original quanto Segrais é inferior a Virgílio.

Acaso um jornalista versado na língua grega poderia deixar de observar, nas traduções que Tourreil fez de Demóstenes, algumas fragilidades em meio às belezas?[59] "Se

....

57. O *Mercure* traz apenas: "tenha uma peripneumonia; aquele que sabe grego, etc.".
58. O *Mercure* traz: "A tradução é mais inferior ao original do que Segrais é inferior a Virgílio."
59. Como Voltaire comenta a tradução feita para o francês, deixamos o original entre colchetes e em itálico. (N. da T.)

alguém, diz o tradutor, vos perguntar: Senhores atenienses, tendes a paz? – Não, por Júpiter, respondereis; temos a guerra com Filipe." [*Si quelqu'un, dit le traducteur, vous demande: Messieurs les Athéniens, avez-vous la paix? – Non, de par Jupiter, répondez-vous; nous avons la guerre avec Philippe.*] O leitor, com esta exposição, poderia acreditar que Demóstenes está inoportunamente zombando; que esses termos familiares e reservados ao baixo cômico, *senhores atenienses, por Júpiter* [*Messieurs les Athéniens, de par Jupiter*], correspondem às expressões gregas. Isso, porém, não é verdade, e essa falha se deve inteiramente ao tradutor. São mil pequenas inadvertências como essas que um jornalista esclarecido pode indicar, contanto que realce ainda mais as belezas.

Desejaríamos que os eruditos nas línguas orientais houvessem publicado jornais dos livros do Oriente. O público não estaria na grande ignorância em que se encontra a respeito da história da maior parte do nosso globo; nós nos acostumaríamos a reformar nossa cronologia de acordo com a dos chineses; conheceríamos mais a religião de Zoroastro, cujos sectários ainda subsistem, mesmo sem pátria, mais ou menos como os judeus e algumas outras sociedades supersticiosas espalhadas na Ásia desde tempos imemoriais. Conheceríamos o que restou da antiga filosofia indiana; já não daríamos o pomposo nome de História Universal a coletâneas de algumas fábulas do Egito, de revoluções de um país do tamanho da Champanhe chamado Grécia, e do povo romano que, por mais extenso e vitorioso que tenha sido, nunca teve sob seu domínio tantos Estados quanto o povo de Maomé e nunca conquistou a décima parte do mundo.

Mas que teu amor pelas línguas estrangeiras não te faça esquecer o que se escreveu em tua pátria; não sejas como este falso delicado a quem Petrônio faz dizer:

O faisão importado de Colchis
e as aves da África agradam ao paladar (...).
Aquilo que se deseja é o que parece ser melhor.
[*Ales phasiacis petita Colchis,*
Atque afrae volucres placent palato...
Quidquid quaeritur optimum videtur.]

Não se encontrou[60] nenhum outro poeta francês na biblioteca do abade de Longuerue além de um tomo de Malherbe. Eu gostaria, ainda uma vez, quando se trata de belas-letras, que todos fossem de todos os países, mas sobretudo do seu próprio. Citarei a esse respeito alguns versos do senhor De Lamotte, que por vezes os fez excelentes:

É pelo estudo que somos
Contemporâneos de todos os homens,
E cidadãos de todos os lugares.

Do estilo de um jornalista

Quanto ao estilo de um jornalista, Bayle talvez seja o melhor modelo, caso precises de um: é o mais profundo dialético que jamais escreveu; é quase o único compilador que tem gosto. Entretanto, em seu estilo sempre claro e natural, há demasiada negligência, demasiado descuido das conveniências, demasiada incorreção. Ele é prolixo: na verdade, conversa com o leitor, como Montaigne, e com isso encanta todo o mundo: mas abandona-se a uma indolência de estilo e às expressões triviais de uma conversa muito simples e, com isso, às vezes desagrada ao homem de gosto.

....

60. Há no *Mercure*: "Não se encontrou na biblioteca do abade de Longuerue, depois de sua morte, nenhum poeta francês. Eu gostaria, etc."

Cito um exemplo que me vem às mãos: o verbete *Abailard*, de seu Dicionário. "Abailard, diz ele, passava muito mais tempo apalpando e beijando sua aluna do que lhe explicando um autor." Esse defeito lhe é muito comum, não o imites.

Nenhuma obra-prima que até hoje tenhas criado[61]
Te dá o direito de ser como ela derrotado.

Nunca empregues uma palavra nova, a não ser que ela tenha estas três qualidades: ser necessária, inteligível e sonora. Idéias novas, principalmente em física, exigem expressões novas; mas substituir uma palavra usual por outra palavra cujo único mérito é a novidade não é enriquecer a língua, é aviltá-la. O século de Luís XIV merece dos franceses o respeito de jamais falarem outra língua a não ser aquela que fez a glória desses belos anos[62].

Um dos grandes defeitos dos escritos deste século é a mistura de estilos, principalmente querer falar de ciências como o faríamos numa conversa familiar[63]. Vejo os livros mais sérios serem desonrados com expressões que parecem sofisticadas para o tema, mas que são de fato baixas e triviais. Por exemplo, *a natureza paga as custas dessa despesa*; é preciso *conferir ao vitríolo romano o mérito que atribuíamos ao antimônio*; um sistema *de avaliação; adeus inteligência das curvas, se negligenciarmos o cálculo, etc.*

Esse defeito tem uma origem venerável: teme-se o pedantismo; quer-se embelezar matérias um pouco áridas, mas

---

61. Paródia destes versos de Racine (*Fedra*, I, I):
Que nenhum monstro até hoje por mim domado
Me deu o direito de como ele ser derrotado.

62. O *Mercure* traz: "Belos anos. Reflita acima de tudo que não é com a familiaridade do estilo epistolar, etc., mas com a dignidade, etc."

63. Voltaire está criticando Fontenelle.

A fuga da culpa conduz ao vício, se falta a arte.
[*In vitium ducit culpae fuga, si caret arte*⁶⁴.]

Parece-me que todas as pessoas honradas preferem cem vezes um homem grave, mas sábio, a um mau gracejador. As outras nações não caem nesse ridículo. A razão é que lá as pessoas temem menos que na França ser o que são. Na Alemanha, na Inglaterra, um físico é um físico; na França ele quer ser, além disso, espirituoso. Voiture foi o primeiro a obter reputação por seu estilo familiar. Todos exclamavam: Isso se chama "escrever como homem mundano, como homem de corte; esse é o tom da boa sociedade!" Quiseram em seguida escrever sobre coisas sérias nesse tom da boa sociedade, que muitas vezes seria insuportável numa carta.

Essa mania infectou muitos escritos razoáveis. Há nisso mais preguiça que afetação: pois essas expressões atraentes que nada significam e que todo o mundo repete sem pensar, esses lugares-comuns são mais fáceis de imaginar que uma expressão enérgica e elegante. Não é com a familiaridade do estilo epistolar, mas com a dignidade do estilo de Cícero que devemos tratar de filosofia. Malebranche, menos puro que Cícero, porém mais forte e mais rico em imagens, parece-me um grande modelo em seu gênero; quisera Deus que tivesse estabelecido verdades tão solidamente quanto expôs suas opiniões com eloqüência!

Locke, menos refinado que Malebranche, talvez irreverente demais, porém mais elegante, sempre se exprime em sua língua com nitidez e graça. Seu estilo é encantador, *puroque simillimus ammi*⁶⁵. Não encontrarás nesses autores nenhuma vontade inoportuna de brilhar, nenhuma ironia, nenhum artifício. Não os sigas servilmente, *o imitatores,*

....
64. Horácio, *Arte poética*, verso 31.
65. Horácio, livro II, epístola II, verso 120.

servum pecus[66]! mas, como eles, cumula-te de idéias profundas e justas. Assim, as palavras vêm facilmente, *rem verba sequentur*[67]. Observa que os homens que melhor pensaram foram também os que melhor escreveram.

Se a língua francesa deve logo se corromper, essa alteração virá de duas fontes: o estilo afetado dos autores que vivem na França e a negligência dos escritores que residem em países estrangeiros. Os documentos públicos e os jornais são continuamente infectados de expressões impróprias com as quais o público se acostuma à força de as reler.

Por exemplo, nada é mais comum nas gazetas que esta frase: Ficamos sabendo que os sitiadores *teriam* em tal dia batido em retirada; dizem que dois exércitos *teriam* se aproximado; em vez de: os dois exércitos se *aproximaram*, os sitiadores *bateram* em retirada, etc.

Essa construção altamente viciosa é imitada do estilo[68] bárbaro que, infelizmente, foi conservado nos tribunais e em alguns éditos. Nesses documentos, fazem o rei falar uma linguagem gótica. Ele diz: *Ter-nos-iam* admoestado, em vez de: nos *admoestaram*; *lettres royaux* [cartas reais], em vez de *lettres royales* [cartas reais][69]; *Queremos e é de nosso agrado*, em vez de qualquer outra frase mais metódica e mais gramatical. Esse estilo gótico dos éditos e das leis é como uma cerimônia na qual usamos roupas antigas; mas não devemos usá-las em outros lugares. Seria muito melhor, até, se fizessem as leis, que são feitas para ser facilmente entendidas, falar a linguagem comum. Deveríamos imitar a

....

66. *Id.*, livro I, epístola XIX, verso 19.
67. *Id.*, *Arte poética*, verso 311.
68. Há no *Mercure*: "Do estilo que temos, etc."
69. Voltaire alude aqui à diferença entre o plural usual do adjetivo *royale*, que é *royales*, e o plural que obedece estritamente à regra gramatical, *royaux*, pouco usual e pedante. (N. da T.)

elegância das *Institutas* de Justiniano[70]. Mas como estamos longe da forma e do conteúdo das leis romanas!

Os escritores devem evitar esse abuso, praticado por todas as gazetas estrangeiras. Devem imitar o estilo da Gazeta impressa em Paris: ao menos ela diz corretamente coisas inúteis[71].

A maioria das pessoas de letras que trabalham na Holanda, onde existe o maior comércio de livros, se infectam com uma outra espécie de barbárie, que vem da linguagem dos comerciantes; começam a escrever *par contre* em vez de *au contraire*[72]; a *presente*, em vez de a *carta*; *le change* em vez de *le changement*[73]. Vi traduções de livros excelentes repletas dessas expressões. A simples indicação desses erros deve bastar para corrigir os autores[74]. Quisera Deus fosse tão fácil remediar o vício que produz todos os dias tantos escritos mercenários, tantas citações infiéis, tantas mentiras, tantas calúnias com as quais a imprensa inunda a república das letras!

....

70. A última frase dessa alínea não consta no *Mercure*.

71. A edição de 1744 traz: "As coisas que ela deve dizer."

72. O uso da locução adverbial *par contre* é criticado pelos puristas que recomendam o emprego de *au contraire*. Ambas significam *em contrapartida*. (N. da T.)

73. O substantivo *changement* [mudança] significa em francês a ação de mudar; o uso de *change* nesse sentido é incorreto e significaria uma corrupção da língua, que é o que Voltaire está criticando. (N. da T.)

74. Fim do artigo de 1737 ou 1744.

Artigos extraídos do Jornal de política e de literatura[1]

....

1. O *Jornal de política e de literatura*, cujo primeiro número data de 25 de outubro de 1774, e o último de 15 de junho de 1778, era inicialmente redigido por Linguet. A parte política foi em seguida redigida por Dubois-Fontanelle. Em 1776, Laharpe foi encarregado da parte literária. Na época Voltaire elogiou esse *Jornal* e enviou-lhes alguns artigos que os editores de Kehl foram os primeiros a reunir. Colocaram-nos nas *Miscelâneas literárias*. Eu os dispus na ordem de publicação, indicando a data. (B.)

I

[2]*A vida e as opiniões de Tristram Shandy, traduzidas do inglês de Sterne pelo senhor Frenais.*

Demonstramos, nesses últimos anos, tanta paixão pelos romances ingleses que finalmente um homem de letras apresentou-nos uma tradução livre de *Tristram Shandy*. É verdade que ainda temos apenas os quatro primeiros volumes, que anunciam *a vida e as opiniões de Tristram Shandy*: o herói que acaba de nascer ainda não foi batizado. A obra é toda de preliminares e digressões. É uma bufonaria contínua ao gosto de Scarron. O baixo cômico, que constitui o pano de fundo dessa obra, não impede que nela encontremos coisas muito sérias.

....

2. "Este artigo é de mão muito ilustre, que ninguém deixará de reconhecer." Era o que se lia na nota ao pé deste artigo, quando foi impresso no caderno de 25 de abril de 1777. A tradução, de Frenais, do livro de Sterne tinha sido publicada no final de 1776, em Paris, por Ruault, dois volumes in-12, contendo apenas a metade do romance inglês. A continuação só foi traduzida em 1785, e duas traduções foram publicadas ao mesmo tempo em dois volumes, uma de Griffet-Labaume, outra de Bonnay.

Voltaire já havia falado de *Tristram Shandy*. Ver tomo XVIII, p. 237. [Todas as referências às obras de Voltaire se remetem às *Oeuvres complètes de Voltaire*, Garnier Frères, Libraires-Éditeurs, Paris, 1879. (N. da T.)]

O autor inglês era um pároco de vilarejo, chamado Sterne. Levou a brincadeira ao ponto de incluir em seu romance um *sermão* que havia pronunciado *sobre a consciência*; e, fato muito singular, esse sermão é um dos melhores de que a eloqüência inglesa possa se gabar. Encontramo-lo na íntegra na tradução.

Causou surpresa essa tradução ter sido dedicada a um dos mais graves e mais laboriosos ministros[3] que a França já teve, e um dos mais virtuosos. Mas o virtuoso e o sábio podem rir por um momento; além disso, a dedicatória tem um mérito nobre e raro: destina-se a um ministro que já não está no cargo.

Foi publicado um pequeno excerto[4] dos últimos volumes ingleses no quinto tomo da *Gazeta literária da Europa*, em 1765; e, ao que parece, na época fez-se estrita justiça a esse livro. O autor da *Gazeta literária* era tão instruído nas principais línguas da Europa quanto capaz de bem julgar todos os escritos. Observou que o autor inglês só quis zombar do público durante dois anos consecutivos, prometendo sempre alguma coisa e nunca cumprindo nada.

Essa aventura, dizia o jornalista francês, é muito semelhante à do charlatão inglês que anunciou em Londres que entraria numa garrafa de duas pintas, no grande teatro de Haymarket, e que fugiu com o dinheiro dos espectadores deixando a garrafa vazia. Garrafa que não estava mais vazia que a *Vida de Tristram Shandy*.

Aquele original, que assim logrou toda a Grã-Bretanha com sua pena, como o charlatão com sua garrafa, contudo tinha filosofia na cabeça, e tanto quanto bufonaria.

Há, em Sterne, lampejos de uma razão superior, como vemos em Shakespeare. E onde não os há? Existe um gran-

---

3. Turgot.
4. Ver a nota, tomo XXV, p. 167.

de armazém de antigos autores onde todo o mundo pode se abastecer à vontade.

Seria desejável que o predicador tivesse produzido seu cômico romance com o único objetivo de ensinar os ingleses a não mais se deixar lograr pela charlatanice dos romancistas, e que tivesse podido corrigir a nação, que decai há muito tempo e abandona o estudo dos Locke e dos Newton pelas mais extravagantes e frívolas obras. Mas não era essa a intenção do autor de *Tristram Shandy*. Nascido pobre e brincalhão, queria rir à custa da Inglaterra e ganhar dinheiro.

Esses tipos de obras não eram desconhecidos entre os ingleses. O famoso deão Swift havia composto várias nesse gosto. Apelidaram-no de o Rabelais da Inglaterra; mas devemos admitir que era muito superior a Rabelais. Tão brincalhão e zombeteiro quanto nosso cura de Meudon, escrevia em sua língua com muito mais pureza e refinamento que o autor de *Gargantua* na dele; e temos versos seus de uma elegância e de uma ingenuidade dignas de Horácio.

Se perguntarmos qual foi, na nossa Europa, o primeiro autor desse estilo bufão e ousado no qual escreveram Sterne, Swift e Rabelais, parece certo que os primeiros que se destacaram nesse perigoso ofício foram dois alemães nascidos no século XV, Reuchlin e Hutten. Publicaram as famosas *Cartas das pessoas obscuras* muito antes que Rabelais dedicasse seu *Pantagruel* e seu *Gargantua* ao cardeal Odet de Châtillon.

Essas cartas, referidas no verbete FRANÇOIS RABELAIS nas *Questões sobre a Enciclopédia*[5], são escritas no latim macarrônico inventado, dizem, por Merlin Cocaïe para se vingar

---

5. Voltaire, nas suas *Questões sobre a Enciclopédia* (ver tomo XIX, p. 200), incluiu uma parte da segunda de suas *Cartas a Sua Majestade senhor príncipe de*** (ver tomo XXVI, p. 475), na qual fala das *Epistolae obscurorum virorum*.

dos dominicanos; e acabaram por provocar enorme estrago na corte de Roma, quando as famosas querelas suscitadas pela venda das indulgências armaram tantas nações contra essa corte. A Itália espantou-se em ver a Alemanha disputar-lhe, além do troféu da teologia, o da zombaria. Nessas cartas zomba-se das mesmas coisas que Rabelais depois ridiculizou; mas as zombarias alemãs tiveram um efeito mais sério que a galhofa francesa: dispuseram os espíritos a sacudir o jugo de Roma e prepararam essa grande revolução que dividiu a Igreja.

Foi assim que, dizem, a *Sátira Menipéia*, composta principalmente por um capelão[6] da Sainte-Chapelle de Paris, fez com que os estados da Liga se tornassem ridículos e aplainou o caminho do trono para nosso adorável Henrique IV.

Tristram Shandy não fará revolução; mas devemos ser gratos ao tradutor por ter suprimido bufonarias um pouco grosseiras, pelas quais a Inglaterra já foi algumas vezes censurada.

Talvez seja mais difícil traduzir um Gilles que um orador, *O jantar de Trimalcião* que *A natureza dos deuses* de Cícero, e Salvador Rosa que Tasso.

Houve mesmo trechos consideráveis que o tradutor de Sterne não ousou passar para o francês, como a fórmula de excomunhão usual na igreja de Rochester: nossas boas maneiras não o permitiram.

Pensamos que não se concluirá a tradução integral de *Tristram Shandy*[7], como não se concluiu a de Shakespeare. Estamos numa época em que se experimentam as obras mais singulares, mas não onde têm êxito.

....

6. Jacques Gillot, que teve colaboradores; ver a segunda edição do *Dictionnaire des ouvrages anonymes et pseudonymes*, de A.-A. Barbier, n? 16799.

7. Ela não foi, de fato, continuada por Frenais; foram dois outros tradutores que a concluíram; ver a nota, p. 379.

II

⁸*Do homem, ou dos Princípios e das Leis da Influência da Alma sobre o Corpo, e do Corpo sobre a Alma; em 3 volumes in-12, de J.-P. Marat, doutor em medicina. Amsterdam, Marc-Michel Rey Editor, 1775.*

O autor está imbuído da nobre vontade de instruir todos os homens sobre o que eles são e de ensinar-lhes todos os segredos que em vão se procuram há muito tempo.

Que nos permita, em primeiro lugar, dizer-lhe que, ao entrar nesse vasto e difícil caminho, um gênio tão esclarecido quanto o seu deveria ter alguma consideração para com os que já o percorreram.

Teria sido prudente e útil mostrar-nos as verdades novas, sem desprezar as que nos foram anunciadas pelos senhores Buffon, Haller, Lecat e tantos outros. Deveria ter começado por fazer justiça a todos os que tentaram fazer-nos conhecer o homem, para aliciar pelo menos a benevolência do ser de que se está falando; e, quando nada de novo se tem a dizer, a não ser que a sede da alma está nas meninges, não se deve prodigar o desprezo pelos outros e a estima por si mesmo, a ponto de revoltar todos os leitores, a quem contudo se quer agradar.

Se o senhor J.-P. Marat trata mal seus contemporâneos, devemos reconhecer que não trata melhor os antigos filóso-

....

8. "Este artigo é da mesma pessoa que teve a gentileza de nos enviar o de *Tristram Shandy* no último número. Marcaremos de agora em diante com um * todos os artigos com que ele nos presentear." Essa é a nota colocada ao pé desse artigo na *Gazeta de política e literatura* de 5 de maio de 1777. O autor do livro que Voltaire resenha é o famoso Jean-Paul Marat, nascido em 1744, no principado de Neufchâtel, e assassinado por Charlotte Corday em 13 de julho de 1793. (B.)

– Se o patriarca de Ferney fere tão fundo em sua crítica o médico filósofo, é porque Marat era não apenas da pátria de Jean-Jacques como também de sua escola: é fraseológico. (G.A.)

fos. "Os mais importantes autores, diz ele no seu discurso preliminar, Aristóteles, Sócrates, Platão, Diógenes, Epicuro, dizem sem exceção que a alma é um espírito; mas todos eles acreditam ser esse espírito uma matéria sutil e independente. Assim, por falta de boas observações, os filósofos se detiveram já nos primeiros passos, e todo seu saber limitou-se a distinguir o homem do resto dos animais por sua configuração corporal."

Observaremos, em primeiro lugar, que ele nada deve censurar a Sócrates, já que Sócrates nunca escreveu nada; gostaríamos de lembrá-lo de que Platão foi o primeiro entre os gregos a ensinar não apenas a espiritualidade da alma, como também sua imortalidade.

Diremos a ele que Aristóteles, preceptor de Alexandre, sabia distinguir perfeitamente seu pupilo de Bucéfalo e nunca disse em nenhuma de suas obras que não havia nenhuma diferença entre Alexandre e seu cavalo a não ser o fato de Alexandre ter dois braços e dois pés e seu cavalo quatro pernas.

Lembraremos ainda ao senhor Marat que Epicuro não dizia que a alma era um espírito; dizia, como todos os seus discípulos, que o homem pensa com a cabeça assim como caminha com os pés.

Quanto a Diógenes, admitamos que não é um homem a ser citado, assim como todos os que, imitando-o, pretenderam fazer falar de si.

O senhor Marat acredita ter descoberto que o fluido dos nervos é o elo de comunicação entre as duas substâncias, o corpo e a alma.

Constitui de fato uma grande descoberta ter visto com os próprios olhos a substância que liga a matéria e o espírito. Esse fluido é aparentemente algo que mescla matéria e espírito, já que lhes serve de passagem, assim como os zoófitos, pelo que dizem, são a passagem do reino vegetal ao reino animal.

Mas, como ninguém nunca viu, pelo menos até hoje, esse fluido nervoso que serve de mediador ao espírito e à matéria, rogaremos ao autor mostrá-lo, a fim de não duvidarmos de sua existência.

O autor assim se exprime em seguida: "Ouço aqui os metafísicos exclamarem: Ora pois! a alma seria tão material a ponto de a matéria agir sobre ela? Deixemos esses homens orgulhosamente ignorantes, que só querem admitir o que seu espírito limitado pode entender e fechar os olhos à evidência para não ver nada que supere sua capacidade."

Ninguém gostará de que os Locke, os Malebranche, os Condillac sejam chamados de homens orgulhosamente ignorantes. Pode-se estabelecer o fluido nervoso sem lhes dirigir injúrias. Elas não constituem razões nem em física, nem em metafísica.

"Que são, diz ele, os argumentos especiosos de Lecat contra provas diretas? A alma não é material e não ocupa nenhum lugar, como os corpos. Seja; mas isso significa que ela não tem nenhuma sede determinada?"

Não, senhor; isso não significa que a alma não tenha nenhum lugar; mas tampouco significa que ela resida nas meninges, que são tapetadas por alguns nervos.

É melhor confessar que ainda não vimos seu alojamento que garantir que está alojada sob essa tapeçaria: pois, finalmente, como os nervos não chegam até essas meninges, se ela residisse em cada um desses nervos, seria extensa, o que não vos conviria. Deixai tudo nas mãos de Deus, acreditai-me; ele preparou sua hospedaria sozinho, e não vos elegeu marechal-hospedeiro.

Podeis dizer à vontade que "o pensamento permite ao homem viver no passado, no presente e no futuro, eleva-o acima dos objetos sensíveis, transporta-o para os imensos campos da imaginação, estende, por assim dizer, a seus olhos os limites do universo, revela-lhe novos mundos e o faz gozar do próprio nada".

Nós vos felicitamos por gozardes do nada; é um grande império: reinai sobre ele, mas insultai um pouco menos as pessoas que são alguma coisa.

Tendes um grande capítulo intitulado *Refutação de um sofisma de Helvécio*. Poderíeis ter falado mais gentilmente de um homem generoso que pagava bem seus médicos. Dizeis: "Deixemos ao sofista Helvécio o desejo de deduzir por raciocínios obtusos todas as paixões da sensibilidade física; nunca deduzirá o amor da glória... Que importa a César a estima pública? Haverá delícias ligadas à virtude e ao saber e recusadas ao poder? Por que Alexandre, Augusto, Trajano, Carlos V, Cristina, Frederico II, não contentes com a glória dos monarcas e dos heróis, aspiram ainda à dos autores? Por que querem assim ornar a fronte com os louros do gênio? Por serem ávidos de honra e sensíveis à estima."

Diremos, senhor, que de todos esses indivíduos tão sensíveis à estima, de que falais, nenhum foi autor, exceto o último.

Não temos, que eu saiba, nenhum livro, nem dos Alexandre nem dos Trajano; e quanto a Frederico, o Grande, o que dizeis dele não parece ter sido ditado pela voz pública. Seu fluido *nervoso*, segundo vós, persuadiu-o "de que, conquistando vitórias, desdenhou uma estima que não merecera; almejou uma glória fundada no mérito pessoal e buscou-a na ciência; as almas apaixonadas pela glória amam a estima pela estima".

A Europa vos dirá, senhor, que ele mereceu essa estima arriscando seu sangue e suas meninges em vinte batalhas; e, se mereceu um outro grau de estima cultivando as belas letras e protegendo-as, não deveis por isso ultrajar o senhor Helvécio, que foi amado por esse grande príncipe. As batalhas do rei da Prússia nada têm em comum nem com um sistema médico nem com o senhor Helvécio, que sustentou o tão antigo axioma: *Nada existe no entendimento que não tenha existido nos sentidos.*

Nada desacredita mais um sistema de física do que se afastar assim de seu assunto. Não devemos sair a todo momento de nossa casa para buscar querelas na rua.

O senhor Marat, tendo provado que o homem tem uma alma e uma vontade, intitula um capítulo: *Observações curiosas sobre nossas sensações e nossos sentimentos.*

Essas observações curiosas são "o espetáculo de uma tempestade com o mar em fúria, o céu em fogo, o vagir das águas e dos ventos desenfreados e o rugir do trovão". Ele opõe a essa descrição nova e bem escolhida a visão (não menos nova) "de um belo campo que o sol ilumina com seus últimos raios no final de um dia sereno, o doce canto dos pássaros apaixonados, o murmúrio dos riachos correndo na grama, sua onda prateada, o perfume das flores e as suaves carícias dos zéfiros, provocando a embriaguez na alma".

Após haver aprofundado essas idéias filosóficas de uma tempestade e de uma bela tarde de verão, ele dá ao público a idéia da verdadeira força da alma. "Qual é pois a alma forte? diz ele. Não é o ardente Aquiles, que afronta todo perigo; tampouco o furioso Alexandre, que faz vergar sob seu braço os inúmeros inimigos; nem o austero Catão, que fere o próprio flanco e dilacera as próprias entranhas."

Notareis que, algumas páginas antes, o autor disse as seguintes palavras: "Aquiles, com a espada na mão, abrindo passagem até Heitor através dos batalhões inimigos e derrubando, como impetuosa torrente, tudo o que se opõe à sua passagem: este é o homem intrépido."

Se o senhor doutor em medicina se contradisser assim em suas consultas, não será chamado com freqüência por seus confrades. Mas, ao falar de Aquiles, deveria lembrar-se que ele era invulnerável e que, conseqüentemente, não tinha grande mérito em ser tão intrépido.

E é por essas afirmações que ele prova que o fluido dos nervos age sobre a alma, e a alma sobre eles! Após ter conhecido bem o temperamento de Aquiles e de Alexandre, ele decide *que nunca um corpo delicado e vigoroso alojou uma alma forte!*

É difícil, de fato, que um corpo seja delicado e vigoroso. Mas, sem insistir nessa inadvertência, devemos notar que já vimos inúmeras vezes em nossos exércitos oficiais com o mais frágil temperamento e com a maior coragem; enfermos saírem da cama para serem levados até o inimigo nos braços dos granadeiros. Ao que parece o senhor Marat mais caluniou a natureza humana do que a conheceu.

Enfim, quando lemos essa longa explanação em três volumes, que nos anuncia o conhecimento perfeito do homem, nos irritamos ao encontrar apenas o que se repete há três mil anos em todas as diferentes línguas. Teria sido mais sensato restringir-se à descrição do homem, que vemos no segundo e no terceiro tomos da *História natural.* É aí que, de fato, aprendemos a nos conhecer; é aí, como já dissemos[9], que aprendemos a viver e a morrer: tudo está exposto com verdade e sabedoria, desde o nascimento até a morte.

O senhor Marat seguiu caminhos diferentes. Acaba por dizer "que descobriu as causas e que podemos determiná-las com precisão aplicando o cálculo aos efeitos". Garante-nos que "o humor moral, a atividade, a indolência, o ardor, a frieza, a impetuosidade, a languidez, a coragem, a timidez, a pusilanimidade, a audácia, a franqueza, a dissimulação, o estouvamento, a reserva, a ternura, a tendência à volúpia, à embriaguez, à gulodice, à avareza, à glória, à ambição, a docilidade, a teimosia, a loucura, a prudência, a razão, a imaginação, a lembrança, a reminiscência, a perspicácia, a estupidez, a sagacidade, o peso, a delicadeza, a grosseria, a leveza, a

....

9. Voltaire diz isso no final de seu nono *Diálogos de Evêmero*; mas acredito, até agora, que esses diálogos são posteriores ao artigo sobre a obra de Marat. (B.)

profundidade, etc. não são qualidades inerentes ao espírito e ao coração, mas maneiras de existir da alma que estão ligadas ao estados dos órgãos do corpo; também as cores, o calor, o frio não são atributos essenciais da matéria, mas qualidades que dependem da textura e do movimento de suas partículas".

O autor acaba por se congratular por ter desenvolvido a sensibilidade corporal, a regularidade, a desordem do fluxo dos licores, o motor primitivo e orgânico, a atonia, a tensão média, a rigidez das fibras, a força e o volume dos órgãos: "Todas as causas secretas, diz ele, desta singular harmonia que todos os filósofos observaram entre as substâncias que compõem nosso ser e que nenhum deles pôde ainda explicar."

Depois de assim agradecer a si mesmo por nos ter revelado *os princípios ocultos da influência prodigiosa da alma sobre o corpo, e do corpo sobre a alma*, ele garante ter sido essa influência, até ele, um segredo impenetrável.

Essa peroração é seguida, enfim, de uma invocação. É um procedimento inverso ao de todas as obras de gênio e principalmente ao dos romances, em verso ou em prosa. Ele invoca o autor de *A nova Heloísa* e de *Emílio*. "Empresta-me tua pena, diz ele, para eu celebrar todas essas maravilhas; empresta-me esse talento encantador de mostrar a natureza em toda a sua beleza; empresta-me essas palavras sublimes" com as quais ensinaste a todos os príncipes que devem esposar a filha do carrasco se ela lhes convém; que todo valoroso fidalgo deve começar por ser ajudante de marceneiro, e que a honra, aliada à prudência, consiste em assassinar o inimigo em vez de lutar com ele como um tolo.

É engraçado que um médico cite dois romances, um chamado *Heloísa* e outro *Emílio*, em vez de citar Boerhaave e Hipócrates. Mas é assim que se escreve com muita freqüência em nossos dias: confundem-se todos os gêneros e todos os estilos; pretende-se ser pomposo numa dissertação física e falar de medicina em epigramas. Todos se esforçam para surpreender seus leitores. Vemos em todos os lugares Arlequim fazer cabriolas para divertir a platéia.

III

[10]*Da felicidade pública; nova edição. A. Bouillon, da imprensa da Sociedade tipográfica.*

Após tantas futilidades com subscrição ou sem subscrição, tantas peças de teatro que temos que avaliar quando já não subsistem, tantas pequenas querelas literárias que só interessam aos disputantes, nesta avalanche de obras e de espetáculos de um momento, que anunciam *O conhecimento da natureza, A ciência do governo*, os meios fáceis de pagar sem dinheiro as dívidas do Estado e os dramas que devem ser encenados no teatro de marionetes, finalmente temos um bom livro.

Acreditamos inicialmente que o título fosse uma brincadeira. Alguns leitores, vendo que o autor falava seriamente, imaginaram tratar-se de um desses políticos que decidem o destino do mundo do alto de suas torres e que, não podendo governar nem uma criada, se põem a ensinar aos reis a dois vinténs a folha. A obra, porém, era de um guer-

---

10. O livro *Da felicidade pública*, impresso em 1771, e cuja segunda edição é de 1776, dois volumes in-8º, reimpresso em 1822 com notas de Voltaire, é do senhor De Chastellux, a quem Voltaire enviou algumas cartas que se encontram na *Correspondance*. Voltaire sempre falou de modo elogioso desse livro. Ver tomo VII, p. 247; XXVIII, 550; XXIX, 245, 312.

Ao ser inserido no *Jornal de política e de literatura* de 15 de maio de 1777 o artigo de Voltaire sobre o livro do senhor De Chastellux, foi colocada a seguinte nota: "Artigo do senhor De V***", o que contrariou Voltaire. "A indicação de Panckoucke, escreveu ele a Laharpe, me magoa profundamente."

reiro e de um filósofo, que reúne a grandeza de alma dos antigos cavalheiros seus ancestrais e as virtudes patrióticas do chefe da magistratura do qual descende. Não o nomearemos, já que não quis ser identificado.

Quando essa novidade estava ainda entre pouquíssimas mãos, perguntamos a um homem de letras[11]: *Que achais do livro Da felicidade pública?* Ele respondeu: *Ele faz a minha.* Podemos dizer o mesmo.

Contudo, não dissimulamos que o *Espírito das leis* está mais em voga na Europa que *A felicidade pública*, porque Montesquieu surgiu primeiro; porque é mais divertido; porque seus capítulos de seis linhas, que contêm um epigrama, não cansam o leitor; porque mais aflora que aprofunda; porque é ainda mais satírico que legislador e porque, tendo sido pouco favorável a certas profissões lucrativas, conquistou a massa.

O livro *Da felicidade pública* é um quadro do gênero humano. Examina-se em que século, em que país, sob qual governo, teria sido mais vantajoso para a espécie humana existir. Fala-se à razão, à imaginação, ao coração de cada homem. Preferiríeis ter nascido sob um Constantino, que assassina toda a família, o próprio filho, a própria mulher, e que afirma que Deus lhe enviou um *labarum* nas nuvens com uma inscrição grega, no caminho de Roma? Preferiríeis viver sob um Juliano, que escreverá uma declamação de retórica contra vós? Estaríeis melhor sob Teodósio, que vos convidará para uma comédia, vós e todos os cidadãos de vossa cidade, e vos degolará todos, assim que tiverdes ocupado vossos lugares? Os franceses foram mais infelizes após a batalha de Montlhéry, sob Luís XI, do que depois da batalha de Hochstedt, sob Luís XIV? A Espanha, atualmente povoada por apenas sete milhões de homens aproximada-

---

11. O próprio Voltaire; ver tomo XXVIII, p. 550.

mente, já teve antigamente cinqüenta milhões? A França teve trinta e seis milhões? Em grande ou pequeno número, tinham os habitantes desses países mais comodidades na vida, mais artes, mais conhecimentos? Sua razão era mais cultivada sob a Casa Bourbon que sob a Casa Clotário? Quais foram as principais causas das horríveis desgraças que quase sempre esmagaram o gênero humano? Tal é o problema que o autor procura resolver. Não se trata de um fazedor de sistemas que pretende deslumbrar; não se trata de um charlatão que quer vender sua poção: trata-se de um fidalgo instruído, que se exprime com candura, um Montaigne com método.

IV

[12]*História verdadeira dos tempos fabulosos; obra que, desvelando a verdade, que as histórias transvestiram ou alteraram, serve para esclarecer o que os povos têm de antigo e principalmente para vingar a História Sagrada; do senhor Guérin-Durocher, padre; 3 volumes de aproximadamente 470 páginas cada um, do editor Charles-Pierre Berton, rua Saint-Victor.*

Só podemos aplaudir a louvável intenção do senhor Guérin Durocher: ninguém parece mais capaz que ele de aproveitar as tentativas feitas desde Júlio, o Africano, até

----

12. Este artigo, inserido no *Jornal de política e de literatura* de 25 de maio de 1777, vinha acompanhado das seguintes palavras: "Este artigo é do senhor De V***." Indicação que, como vimos na p. 94, contrariou Voltaire.

Existe uma *Carta ao senhor de La Harpe, folicular dos filósofos, em resposta à crítica contra o livro do senhor Guérin Durocher*, inserida com o nome do senhor Voltaire no décimo quinto número do *Jornal de política e de literatura*, in-12 de cinqüenta e três páginas. (B.)

Bochart e Kennicott, para lançar alguma luz no horrível caos da antiguidade.

Se ousássemos fazer algumas sugestões ao douto autor dessa obra, começaríamos por lhe rogar que reformasse seu título, porque pessoas menos instruídas que ele poderão acreditar que a verdadeira história das fábulas é precisamente a verdadeira história das mentiras. Toda fábula é mentira, de fato, com exceção das fábulas morais, que são lições alegóricas, como as de Pilpay e as de Lokman, tão conhecido em nossa Europa pelo nome de Esopo.

Seja como for, o douto autor, em seu discurso preliminar intitulado *Plano da obra*, nos adverte de que um antigo escritor judeu, cujos escritos não temos, diz que antes dos reis da Pérsia alguém havia traduzido uma pequena parte do *Gênesis*. Não nos diz em que época e em que língua essa tradução foi feita. Cita também o profeta Joel, que censura os tirianos por terem roubado alguns utensílios sagrados em Jerusalém e por terem escravizado muitos filhos de Judá, levando-os para terras distantes.

O senhor Guérin Durocher supõe que esses escravos assim transplantados possam ter traduzido o *Gênesis* para a língua dos povos entre os quais habitaram e assim ter apresentado Moisés e seus prodígios a esses estrangeiros; que esses estrangeiros possam ter aprendido de cor as espantosas ações de Moisés; que puderam em seguida atribuí-las a seus príncipes, a seus heróis, a seus semideuses; que puderam fazer de Moisés seu Baco; de Ló, seu Orfeu; de Edite, mulher de Ló, sua Eurídice; que havia um rei chamado Nanaeus, que bem poderia ter sido Noé; que principalmente é bem provável que Sesóstris seja ninguém menos que o José dos hebreus. Mas o senhor Guérin, depois de provar que José pode ter sido Sesóstris, prova que Sesóstris pode ter sido Jacó; e que assim é muito possível que os judeus tenham ensinado a Terra toda.

É o que já fizera o douto Huet, bispo de Avranches, na sua *Demonstração evangélica*, escrita em latim e enriquecida com citações gregas, caldéias, hebraicas, para servir à educação do monsenhor delfim, filho de Luís XIV.

Huet mostra, em seu quarto capítulo, que Moisés era um profundo geômetra, um astrônomo exato, fundador de todas as ciências e todos os ritos; que é o mesmo que Orfeu e Anfíon; que a ele tomaram por Mercúrio, por Serápis, por Minos, por Adônis, por Príapo.

Essa demonstração do prelado Huet não pareceu muito clara aos homens de bom senso. Esperamos que a do senhor Guérin Durocher tenha maior êxito, apesar de ser ele um simples padre.

Não se contenta com os três volumes que apresentou; promete-nos outros nove: é uma grande generosidade para com o público. O senhor Guérin deveria contentar-se em nos ter ensinado que Orfeu e Ló são a mesma coisa, e em tê-lo provado observando que Orfeu era seguido pelos animais e que Ló, tendo rebanhos, também era seguido pelos animais; que, além disso, o nome grego de Orfeu é, em árabe, igual ao de Ló, pois a palavra *araf*, segundo a *Biblioteca oriental*[13], significa o limbo entre o paraíso e o inferno: assim, Ló e Orfeu são evidentemente o mesmo personagem. Podemos dizer o que geralmente se diz em tais ocasiões: *Belo raciocínio!*

Todas as páginas do livro do senhor Guérin são nesse tom. Exortamos todos os que querem formar seu *espírito e seu coração*, como se diz, a ler o parágrafo no qual o douto autor demonstra que a fênix dos egípcios, que renasce das próprias cinzas, nada mais é do que o patriarca José, fazendo as exéquias do pai, o patriarca Jacó. Mas também exortamos o douto autor a dignar-se a tratar com mais in-

---

13. De D'Herbelot, 1697.

dulgência e educação os que, antes da publicação de seu livro, tinham uma opinião diferente da sua sobre alguns pontos da obscura antiguidade. Sendo padre, o senhor Guérin Durocher deveria instruí-los mais caridosamente: chama-os de *ignorantes e sacrílegos*. Esses epítetos às vezes revoltam os pecadores, em vez de corrigi-los. Causa-se assim, sem querer, a perda de uma ovelha desgarrada, que poderia ter sido reconduzida ao rebanho pela delicadeza.

Já existem nos três volumes do senhor Guérin dois ou três mil artigos com a mesma força daqueles que comentamos. Como será quando tivermos os doze tomos? Não conseguimos perceber como esse amontoado enorme de fábulas explicadas fabulosamente e esse caos de quimeras podem vingar a história sagrada. O senhor Guérin sempre supõe que há uma conspiração contra a Igreja e que cabe a ele vingar a Igreja. É assim que Saint-Sorlin Desmarets se dizia enviado de Deus para estar à frente de um exército de trinta mil homens contra os jansenistas. Mas quem arma o braço vingador do senhor Guérin Durocher? Quem em nossos dias ataca a Igreja e quem dela se queixa? Estamos nos tempos em que o jesuíta Le Tellier enchia as prisões do reino com os partidários da graça eficaz? Estamos no século lamentável em que homens indignos de seu santo ministério vendiam em cabarés a remissão dos pecados e transformavam o altar num guichê de banco? em que se degolava à saciedade de uma ponta a outra da Europa por argumentações e em que se assassinavam na América até doze milhões de homens inocentes para lhes ensinar o caminho da salvação? *Altri tempi, altre cure*. Temos um chefe soberano, digno de ser ao mesmo tempo soberano e pontífice. Nossos bispos franceses dão todos os dias exemplos de benevolência e de tolerância; todos os documentos públicos refletem isso. O universo cristão está em paz. O douto Guérin Durocher, padre, quererá acaso conturbar essa paz? Esse bravo dom Quixote se bate contra moinhos de vento. Desejamos a seu livro o sucesso de dom Quixote.

Tomamos aqui a liberdade de lhe dizer, a ele e aos que tenham a infelicidade de serem sábios como ele, que não é ser douto devidamente compilar até a mais nauseante saciedade passagens de Bochart, de Calmet, de Huet e de cem antigos autores, para disso não tirar nenhum fruto. Que bem trará à sociedade saber que Proteu poderia bem ser o patriarca José, assim como Sesóstris é a fênix? *O quantum est in rebus inane!*

V

[14]*Memórias de Adriano-Maurício de Noailles, duque e par, marechal de França, ministro de Estado; 6 volumes in-12, pelo editor Moutard, impressor da rainha, etc.*

Este utilíssimo livro foi redigido em seis volumes com base em documentos originais confiados pelo filho do ministro, que ostenta o nome do pai, ao senhor abade Millot, bem reputado por sua maneira filosófica e prudente de escrever história. É verdade que os *Comentários de César* e a *Vida de Alexandre* preenchem um único volume; mas, quando se trata de narrar as cartas de Luís XIV, de Luís XV, do rei de Espanha, Filipe V, da rainha, sua mulher, do duque de Orléans, regente de França, da senhora de Maintenon, da princesa de Ursins, de mais de vinte generais do exército e de outros tantos ministros, não apenas perdoamos o redator por ter publicado seis tomos consideráveis,

....

14. Este artigo foi publicado em duas partes no *Jornal de política e literatura* dos dias 25 de junho e 5 de julho de 1777.

como todos os homens de Estado e os espíritos sérios que desejam se instruir gostariam que a obra fosse mais extensa. Alguns espíritos, ocupados unicamente com as chamadas ciências exatas, não vêem nenhum interesse nessas crônicas históricas, exceto se escritas no estilo e com o gênio de Tácito. Malebranche dizia que não fazia mais caso da história que das notícias de seu bairro. A grande maioria dos leitores não pensa assim; eles se interessam pelos acontecimentos de seu século e por aqueles que glorificaram, serviram ou afligiram sua pátria no século passado: e, quando é um ministro de Estado ou um guerreiro que narra, a Europa o escuta. Se os detalhes podem se tornar indiferentes para a posteridade, são caros ao tempo presente.

O primeiro tomo dessas *Memórias* é quase todo empregado para contar os serviços prestados por Anne-Júlio de Noailles, pai de Adriano, marechal de França como ele e como seus dois filhos. Esses serviços consistiram principalmente na obediência que devia a Luís XIV, cujos rigores perseguiam os protestantes de seu reino desde 1680. Já se firmara o desígnio de destruir todos os templos e de revogar o famoso Édito de Nantes, declarado irrevogável em todos os tribunais do reino; édito ainda mais célebre devido ao nome de Henrique IV, que vencera a Liga católica pelo valor dos protestantes e pelo seu próprio. Os papas haviam chamado esse grande homem, ancestral de Luís, de "geração bastarda e detestável dos Bourbon"[15]; e Luís XIV, que acabara de receber o epíteto *Grande* no Hôtel de Ville de Paris, em 1680, se dispunha, naquele exato momento, a destruir a obra do mais caro de seus predecessores, no instante mesmo em que o papa Inocêncio XI se declarava seu inimigo.

....

15. Termos da bula de Sexto V; ver tomo XII, p. 532, e mais adiante o artigo XXI sobre o *Preço da justiça e da humanidade*.

Essa aparente contradição era, dizem, fruto das solicitações do jesuíta La Chaise, confessor do rei, de alguns bispos e sobretudo do chanceler Le Tellier e de Louvois, seu filho, inimigo de Colbert. É preciso dizer que Colbert achava os protestantes tão necessários ao Estado sob Luís XIV, por sua indústria, quanto o haviam sido sob Henrique IV, por sua coragem. Louvois achava-os apenas perigosos. Persuadiram o rei de que ele se elevaria à altura de Constantino e de Teodósio se abolisse a pretensa religião reformada; repetiram-lhe que, bastava ele dizer uma palavra, todos os corações se submeteriam. Ele acreditou, pois durante quarenta anos conseguira tudo quanto quisera. Não considerou que esses protestantes, que na corte eram chamados de *huguenotes* ou *religionários*, já não eram os calvinistas de Jarnac, de Moncontour ou de Saint-Denis; que eram súditos submissos, bons soldados nos exércitos, úteis na paz pelo comércio e pelas manufaturas, e que ele corria o risco de fazer a indústria e o dinheiro passar para as fileiras inimigas. Para cúmulo da sedução, a marquesa de Maintenon, sua nova amante, logo elevada a esposa, ela própria protestante em outros tempos, tornou-se tão devota quanto ambiciosa e juntou-se ao jesuíta La Chaise.

Foi nessas circunstâncias que Júlio de Noailles foi escolhido pelo rei para comandar no Languedoc; e D'Aguesseau, pai do chanceler, nomeado para a Intendência dessa província. Esses dois homens tinham nascido justos e humanos; mas era preciso obedecer a Louvois. A populaça dessa região é viva, impetuosa, ardente, supersticiosamente ligada à sua crença; e essa crença lhe é inspirada por pastores idênticos a esse rebanho: existe, no fundo, entre católicos e protestantes, o mesmo espírito da época dos albigenses. A tolerância e a circunspecção são as únicas rédeas que podem dirigir a nação dos antigos visigodos. Louvois sabia apenas comandar: enviou soldados e carrascos, além de missionários. Acreditaram-se obrigados a condenar à forca um pastor, chamado Audoyer, e à roda um outro, chamado Homel, em 1683. Essas execuções estimularam novos prosélitos e mártires em todas as províncias meridionais da França. As ínfimas somas que o rei mandou o trânsfuga católico Pellisson distribuir para comprar consciências compraram apenas miseráveis e hipócritas que foram à missa em troca do dinheiro mas logo voltaram a seus cultos. O entusiasmo pela seita propagou-se por toda parte, com mais arrebatamento do que a adulação a Luís XIV passara durante quarenta anos, com entusiasmo, de boca em boca, em Paris e em Versalhes, nos prólogos da ópera, nos epílogos dos sermões ou no *Mercure*. Sabemos muito bem que desses furores de religião resultou uma guerra civil entre o rei e uma parte de seu povo, e que essa guerra civil foi mais bárbara que a dos selvagens. Nela morreram cerca de cem mil homens, dez mil na forca, na roda ou na fogueira, sob a administração do intendente Lamoignon-Bâville, sucessor de D'Aguesseau. Esse magistrado era, aliás, muito esclarecido e repleto de grandes talentos, mas inteiramente diferente de um outro Lamoignon, que acaba de dar provas, em nossos dias, de uma virtude tão humana e de uma filosofia tão verdadeira tanto quanto Lamoignon-Bâville deu provas de devoção a Luís XIV e de inflexibilidade no exercício de seu cargo.

O redator das *Memórias de Adriano de Noailles* não entrou em nenhum detalhe sobre essa época pavorosa, da qual descreve apenas os primórdios com prudente contenção. Júlio de Noailles, após ter comandado cinco anos no Languedoc, é enviado para as fronteiras da Catalunha contra os espanhóis, contra os quais Luís XIV esteve quase permanentemente em guerra, como todos os seus predecessores desde Luís XII, até o dia em que, de inimigo dessa nação, ele se tornou seu protetor, com a ascensão de seu filho, o duque de Anjou, ao trono da Espanha. O rei declarou marechais de França, em 1693, Boufflers, Catinat e Júlio de Noailles. O redator nos instrui sobre os serviços de Júlio. Adriano, seu filho, desposa, em março de 1698, a senhorita D'Aubigné, sobrinha da senhora de Maintenon: o rei lhe dá, como presente de núpcias, 800.000 libras e a sucessão do governo do Roussilon, que pertencia ao marechal, seu pai. Não são, até aqui, acontecimentos que interessem ao público e que atraiam os olhares da posteridade.

Mas Carlos II, rei da Espanha, morre após ter declarado herdeiro de todos os seus Estados o neto de seu inimigo; e a Europa, atônita, em breve se agita por essa grande revolução. O redator não explicita as razões dela; essas já foram suficientemente expostas em outras histórias. Ele nos dá a ler uma curiosa lição do avô ao neto e ressalta, entre os conselhos que Luís XIV dava a Filipe V, o seguinte, que parece exigir, diz ele, uma explicação: "Nunca te apegues a ninguém." Luís, ao que parece, tinha então o coração ainda ulcerado pela ingratidão que sofrera. Dizia que quisera ter amigos e encontrara apenas mestres de cabala. O jovem Filipe V só se viu cercado exatamente por tais cortesãos, assim que chegou a Madri. Desejaríamos que o redator tivesse imitado o cardeal de Retz, que começa suas *Memórias* dando uma idéia dos personagens que irá colocar em cena, descrevendo seu caráter e nos instruindo sobre seus talentos, dignidades e posição. Sem esse preâmbulo, o leitor muitas vezes fica desnorteado: o escritor supõe que conhecemos todos aqueles de quem fala, ao passo que acontece de não conhecermos ninguém.

Cabalas eram, sem dúvida, as únicas coisas que existiam na corte de Madri, quando Filipe V apareceu: e quem eram os principais intrigantes? O grande inquisidor Mendoza, devotado à casa da Áustria; o cardeal Porto-Carrero, autor do testamento do falecido rei, porém mais inimigo dos alemães que amigo dos franceses; um capuchinho, confessor da viúva do rei Carlos II, que nunca se serviu da autoridade de sua posição para nada além de inspirar nessa rainha ódio contra Luís XIV e desprezo por Filipe V; um dominicano, antigo confessor de Carlos, que empregava o resto de seu crédito para tornar o novo rei odioso aos senhores e às mulheres, cuja consciência ele dirigia depois da morte de Carlos. Foi preciso que Luís XIV, governando de Versalhes seu neto em Madri, mandasse exilar o grande inquisidor, o capuchinho e o dominicano. Teve ainda que interpor sua autoridade para expulsar não sei que jesuíta alemão chamado Kressa, que, na verdade, confessava apenas as camareiras da rainha viúva e sabia por elas todos os segredos de sua casa e, por esse subterfúgio, mais comum na Espanha que nos outros países da comunhão romana, se tornara o mais pérfido e intrigante espião que jamais existira na Igreja. Assim, Luís XIV, subjugado e traído por seu confessor jesuíta, punia outros jesuítas e outros confessores na Espanha, enquanto deixava o seu semear a desordem e a desolação em seu próprio reino. Impunha leis a Madri como se fosse sua casa, por intermédio de seus embaixadores; primeiro pelo duque de Harcourt e depois pelo conde de Marsin: chegou mesmo a enviar ao neto um ministro para governar seu tesouro real, então mais desordenado, se é que é possível, e mais pobre que o de Paris; esse ministro foi Orry, pai daquele que foi, posteriormente, inspector geral na França sob Luís XV.

Vítor Amadeu, duque de Sabóia, o primeiro de sua Casa a obter o título de rei, em 1697 casara uma de suas filhas com o duque de Borgonha, o mais velho dos netos de Luís XIV, irmão do rei da Espanha: ofereceu sua outra filha ao rei Filipe. Luís concluiu esse novo casamento e acreditou estar assim se ligando a Vítor Amadeu por um laço duplo. A guerra pela sucessão ao trono da Espanha já havia começado entre o Império e a França. O imperador Leopoldo já desfilava tropas ao redor de Milão: Luís tinha ali um exército junto com o de Sabóia. Todos sabem que o pretexto para essa guerra era a idéia mentirosa, difundida pela corte austríaca, de que Luís XIV forjara em Versalhes o testamento de Carlos II e substituíra, pela fraude, a Casa da Áustria pela Casa da França. O imperador tinha certeza de que seria apoiado, nessa grande querela, pela Inglaterra, pela Holanda e por Portugal; e já negociava secretamente com o pai da duquesa de Borgonha e da futura rainha da Espanha. Vemos que o próprio Vítor Amadeu tornava-se, assim, inimigo de suas duas filhas. Já dissemos que o interesse de Estado priva os reis da doçura de ter parentes. O duque de Sabóia, na esperança incerta de anexar a seus domínios alguns vilarejos a mais, entregou-se secretamente ao imperador, ao mesmo tempo que estava à frente do exército francês na Itália e enviava a segunda filha para se casar com Filipe V. Sua deserção, logo tornada pública, foi a primeira causa das desgraças da França durante quase dez anos. É triste que o redator não tenha podido desenvolver os motivos que levaram a tal ponto a política e a inconstância de um soberano e pai. Mas ele não escreve uma história: apresenta as memórias que lhe foram confiadas, à medida que lhe são transmitidas, sem seguir nem mesmo a ordem cronológica; e supõe sempre ser lido por pessoas que conhecem essa história.

A escolha de uma dama de honra e de um confessor ocupa durante muito tempo as cortes da França e da Espanha. Luís insistiu numa dama francesa e num confessor francês, mas jesuíta: esses dois pontos eram os mais importantes e logo dividiram Madri inteira. A princesa de Ursins, da Casa La Trimouille, viúva de um senhor romano, foi *camarera mayor*, título que corresponde ao de dama de honra na França. Deixou a seu neto, jesuíta Daubenton, confessor do rei, o cuidado de procurar um homem de igual hábito para ser o confessor da rainha. Tudo isso deu origem a obscuras intrigas de corte, nas quais os leitores gostam de penetrar, menos pelo desejo de se instruir que pela malignidade secreta que fixa seus olhares nas fraquezas dos soberanos.

Muitos escritores, homens de Estado, viram como fraqueza essas preocupações com o jansenismo e o quietismo que então atormentavam Luís XIV. Esse mesmo monarca, que resistira ao papa Inocêncio XI com um orgulho tão oportuno, acreditava-se agora obrigado a solicitar a condenação do arcebispo de Cambrai, Fénelon, por ele ter afirmado que Deus merecia ser amado sem interesse, e do oratoriano Quesnel, por ter afirmado que uma excomunhão injusta não deve impedir ninguém de cumprir seus deveres. Recomendava instantemente ao rei da Espanha perseguir os jansenistas de seus Estados de Flandres; queria que o jesuíta Daubenton tornasse isso seu dever. Pensava realmente que Deus deveria recompensá-lo por ter perseguido os chamados quietistas, jansenistas, calvinistas.

Essa mesma fraqueza talvez o levasse, ao procurar ocupações consideradas fáceis, a querer governar a intimidade doméstica da rainha da Espanha. O redator reproduz cartas de família que atiçam a curiosidade. Essas cartas formam coletâneas de frivolidades: vemos reis e rainhas vestindo-se, na cama, no banheiro, enquanto o príncipe Eugênio derrota o marechal de Villeroi em Chiari, enquanto as batalhas de Hochstedt, de Turim, de Ramillies fazem correr sangue e lágrimas em todas as famílias da França e o Estado se encontra numa desolação tão terrível quanto sob Filipe de Valois, João e Carlos VI. As *Memórias* que ora comentamos nada falam desses horríveis desastres registrados nas grandes histórias. Apresentam-nos as cartas da princesa de Ursins e de um fidalgo da Mancha, chamado Louville; a etiqueta do palácio ocupa mais espaço que as batalhas de Saragoza e de Almanza. Essas minúcias reais são caras a quem, na leitura, busca distração: é sumamente divertido ver as confidências que a princesa de Ursins faz à marechala, mãe de

Adriano de Noailles: "Dizei, suplico, que caberá a mim a honra de recolher o *robe de chambre* e o urinol, etc., etc.,", páginas 172, 173, tomo II. As pessoas que desejam conhecer todos os segredos da corte nessas *Memórias* ainda não ficarão sabendo de tudo. A princesa de Ursins não dá às coisas seu devido nome. O *robe de chambre* de Filipe V era um velho casaco curto que pertencera a Carlos II; a espada do rei era um punhal colocado atrás de sua cabeceira; a luz ficava encerrada numa lanterna furta-fogo; suas pantufas eram sapatos desbeiçados. A antiga etiqueta era religiosamente observada; mudá-la foi uma vitória. Dar à rainha um confessor e um cozinheiro franceses foi uma questão ainda mais longa e séria. Vários membros do conselho chamado de *despacho* queriam um cozinheiro e um confessor saboianos; a facção francesa defendia que tudo deveria vir de Versalhes. Havia uma outra disputa sobre o peruqueiro do rei. Fora trazido de Paris; os barbeiros espanhóis ainda não sabiam fazer peruca; mas temia-se que o barbeiro francês confeccionasse as suas com cabelos tirados da cabeça de um plebeu, e um rei de Espanha só podia cobrir a cabeça com cabelos nobres.

Quanto aos cozinheiros, temiam-se os italianos, pois por uma carta anônima soube-se que o príncipe Eugênio pretendia envenenar o rei de Espanha. Essa calúnia, tão ridícula quanto vergonhosa, não deixou de ser seriamente examinada: ela faz lembrar imposturas ainda mais extravagantes que foram divulgadas depois contra o duque de Orléans, regente de França, na época da morte de Luís XIV.

Quanto às confissões da rainha, que tinha apenas quatorze anos, ela foi bastante habilidosa nessa idade, ou bastante bem aconselhada pela princesa de Ursins, para afirmar ao jesuíta Daubenton que teria extremo prazer em dizer todos os seus pecados ao confessor que ele indicasse. E aqui podemos notar o quanto esse jesuíta era perigoso. Logo fez por ser expulso da corte; voltou; tornou a ser o confessor de Filipe V. Se o redator soubesse como esse monge terminou sua carreira, talvez tivesse publicado a anedota: ei-la na sua mais exata verdade.

Quando o rei da Espanha, atacado de vapores, quis enfim abdicar, confiou sua intenção a Daubenton. O padre bem viu que seria obrigado também a abdicar e seguir seu penitente em seu retiro. Teve a imprudência de revelar, numa carta, a confissão do rei ao duque de Orléans, regente de França, que naquele momento planejava o duplo casamento da senhorita de Montpensier, sua filha, com o príncipe das Astúrias, e o de Luís XV com a infanta, de cinco anos. Daubenton acreditou que o interesse do regente o forçaria a dissuadir Filipe de sua resolução, e que esse príncipe perdoaria todas as intrigas que mais de uma vez ele tramara em Madri contra o ministério da França. O regente não as perdoou: enviou a carta do confessor ao rei, que só fez mostrá-la ao jesuíta, sem lhe dizer uma única palavra. O jesuíta caiu para trás: sofreu uma apoplexia ao sair do quarto e morreu pouco tempo depois. Esse fato é descrito com todas as suas circunstâncias na *História civil* de Bellando, impressa por ordem expressa do rei da Espanha. Essa anedota se encontra na página 306 da quarta parte[16].

Voltemos às *Memórias* de Adriano, marechal duque de Noailles. Vejamos que idéia ele nos dá de Filipe V. Louville, seu fidalgo, seu favorito, homem de confiança do ministro Colbert de Torcy, assim fala de seu rei: "Ele é fraco, tímido, indeciso... nunca tem vontade e tem pouco sentimento... não está nele o mecanismo propulsor que determina os homens... Deus lhe deu um espírito subalterno..."

As pequenas intrigas do palácio ocupam mais de dois volumes inteiros. O cardeal de Estrées, embaixador em Ma-

....
16. Ver a nota, tomo XV, p. 161.

dri no lugar de Marsin, torna-se inimigo declarado da princesa de Ursins, que governa a jovem rainha; e a rainha governa o rei, seu marido. Luís XIV toma partido contra a princesa e finalmente consegue despedi-la. A rainha chora; fica inconsolável. Havia entre ela e a princesa uma amizade fundada na necessidade de uma confiança recíproca que tantas vezes torna as mulheres necessárias umas às outras. O redator não conta tudo, e chegamos a duvidar que soubesse de tudo. Nada fala sobre a divertida anotação que a senhorita de Ursins escreveu numa carta interceptada que deu tanto o que falar na Europa. Censuravam-na, nessa carta, de ter esposado secretamente um francês que lhe era devotado, chamado Aubigny. Ela escreveu na margem: *só não o esposei*.

Esses mexericos só acabaram com seu exílio; recomeçaram com sua volta.

Os ciúmes reiterados entre os cortesãos franceses de Filipe e seus cortesãos espanhóis, as cabalas do confessor e dos outros monges são infindáveis. Seriam material para um Suetônio. Os casos políticos e militares serviriam para Tito Lívio. Nesse ponto, infelizmente, as *Memórias* do marechal Adriano, duque de Noailles, de nada servem para o redator. O fio da história é interrompido do ano de 1711 até a morte de Luís XIV. Perdem-se todas as anedotas sobre a vida privada desse monarca, de sua família e de toda a corte. Foi nessa época que ele perdeu seu único filho, visto como um bom príncipe, e o duque de Vendôme, o amor da França, o restaurador da Espanha, o digno descendente de Henrique IV. Essas mortes são logo seguidas pela de seu neto, o duque de Borgonha, esperança do Estado, e ele perde na mesma semana a duquesa de Borgonha e o duque da Bretanha, irmão mais velho de Luís XV, então de berço. Todas essas vítimas preciosas caem quase ao mesmo tempo e são conduzidas para o mesmo túmulo. Poucos dias depois ele vê ainda expirar seu outro neto, irmão do duque de Borgonha e do rei da Espanha. A rainha da Espanha logo os acompanha, com a idade de 26 anos. Finalmente, Luís XIV segue toda sua família; morre nos braços da senhora de Maintenon e do jesuíta Le Tellier. Morre com uma piedade sincera, mas enganado. Deixa a Igreja da França em combustão, devastada por Le Tellier; toda a nação se abatendo na miséria e consternada por dez anos de derrotas e desgraças de toda espécie. Suas dívidas montavam a dois bilhões e seiscentos milhões, o que significa quatro bilhões e aproximadamente quinhentas mil libras de nossa moeda atual: duas vezes mais do que existe, em espécie, no reino.

Observemos que, entre as dívidas desse príncipe, encontramos, na análise feita pelo senhor de Forbonnais, cento e trinta e seis mil libras para o pão dos prisioneiros que o jesuíta Le Tellier havia mandado enclausurar na Bastilha, em Vincennes, em Pierre-Encise, em Saumur, em Loches, com o pretexto de jansenismo.

Todos esses desastres haviam começado com a morte de Colbert, que deixou, ao morrer, a receita igual à despesa no ano de 1683. Desde essa época o edifício erigido por ele foi desabando pouco a pouco. As desgraças da guerra, as querelas de religião, a incapacidade dos ministros, as perseguições dos confessores do rei, as dilapidações dos negociantes transformaram finalmente a tão florescente França em objeto de piedade.

As coletâneas de Adriano de Noailles pouco esclarecem sobre as anedotas desses tempos infelizes. Temos a esperança de ser mais bem informados pelas verdadeiras *Memórias* de Heitor de Villars, que poderemos somar às de Adriano de Noailles.

Após a morte de Luís XIV, o duque Adriano de Noailles desempenhou um grande papel. O duque de Orléans, declarado no parlamento de Paris regente absoluto do reino, mudou já no dia seguinte toda a administração do falecido rei, segundo o uso dos proprietários, que em geral fazem exatamente o contrário do que fizeram aqueles a quem sucedem. Os comitês dos ministros de Luís XIV foram substituídos por conselhos, inicialmente aplaudidos pela nação, mas que logo desagradaram, e que o regente foi obrigado a abolir. Esses novos conselhos e toda essa forma de administração tinham sido concebidos pelo marquês de Canillac, pelo presidente De Maisons e pelo marquês de Effiat. Maisons deveria ser guardião dos selos. Longepierre, autor de algumas declamações intituladas *tragédias*, teria emprestado a pena. Encontraremos, talvez, essas particularidades nas *Memórias* do marechal de Villars e nas do duque de Luynes. Adriano de Noailles ficou à frente do conselho das finanças, sob o marechal de Villeroi, que não se imiscuía em nada. Noailles, capitão dos guardas, educado na corte, tendo trabalhado nas negociações e nos exércitos, era totalmente novo na administração das finanças; mas seu espírito parecia fácil, aplicado, ardente no trabalho, capaz de aprender tudo e de trabalhar em todas as áreas.

Não reconstituiremos aqui a história das aflições que atormentaram então os dois ramos da casa da França e da Espanha; a longa e funesta enfermidade de Filipe V, que lhe debilitou os órgãos da cabeça; seu casamento com uma herdeira[17] do ducado de Parma, que começou seu reinado expulsando a princesa de Ursins, que acorrera para servir a ela; os ciúmes que incitaram o conselho do rei da Espanha contra o regente da França; as diversas facções que dividiram a França, facções que consistiam mais em disputas de prazeres e discursos que em projetos políticos, e que formavam um estranho contraste com a miséria do Estado. Não comentaremos como a duquesa de Berry, filha do regente, chegou quase a esposar um fidalgo de uma antiga

17. Elizabeth Farnèse, que se casou em 1714 com Filipe V e morreu em 1766.

casa do Périgord, chamado conde de Riom, a exemplo da Senhorita, prima germana de Luís XIV, que com efeito esposou o conde de Lauzun, e a exemplo de tantos outros casamentos nos séculos passados. Não repetiremos as horríveis e absurdas calúnias difundidas então por todas as bocas e em todos os libelos. O redator circunspecto mal deixa entrever essas infâmias. O governo do reino era ainda mais difícil em razão do grande número de conselhos. A principal dificuldade vinha das enormes dívidas do Estado e da absoluta penúria de dinheiro.

Sabemos que nessas penúrias, que tantas vezes abalaram a França, o dinheiro não pereceu: uma parte passou para os países vizinhos; uma outra ficou escondida nos cofres dos negociantes, enriquecidos com a infelicidade geral. Em 1625, antes que o cardeal de Richelieu tivesse afirmado seu poder, ordenou-se que uma câmara de justiça fosse estabelecida a cada dez anos para recuperar das mãos dos negociantes o dinheiro que haviam ganhado com o rei. Esse método, desde a câmara de justiça de 1625, só fora praticado na época da queda de Fouquet. O duque de Noailles achou-o necessário. Podemos ver no instrutivo livro do senhor de Forbonnais[18] e nos escritos daquela época, permeados de verdades e falsidades, que condenaram os que haviam tratado com o rei a pagar-lhe duzentos e vinte milhões aproximadamente, de fato pertencentes ao povo, de quem tinham sido tirados. Desses duzentos e vinte milhões, pouquíssima coisa entrou nos chamados cofres do rei. A liberalidade do regente distribuiu quase tudo entre cortesãos e mulheres. Alguns homens de negócios foram condenados à forca pela câmara de justiça; mas foram salvos por sua bolsa.

Se quisermos conhecer a fundo o caos e a dilapidação das finanças, deveremos ler o que foi escrito pelos irmãos

---

18. Esse livro já foi citado no tomo XXVIII, p. 333.

Pâris e por seus adversários sobre o sistema de Lass. Foi uma doença epidêmica que, após atacar a França durante dois anos e quase a matar, devastou durante seis meses a Holanda e a Inglaterra. Os sistemas dos especuladores sobre a origem do mundo, sobre as montanhas formadas pelos mares, sobre a terra formada pelos cometas não passam de loucuras de filósofos; mas o sistema de Lass foi uma droga de charlatão que envenenava os reinos.

Durante as convulsões dessa peste universal, eclodiu a peste real de Marselha, da qual mal se falou, apesar de ter subtraído mais de sessenta mil cidadãos; houve, além disso, uma guerra entre o regente e o rei de Espanha, da qual se falou menos ainda. Todos esses acontecimentos são narrados nas inúmeras histórias gerais e particulares que assolam a Europa e principalmente a França.

Entre as vicissitudes das cortes, não foi insignificante ver o duque de Noailles, após dois anos de administração, ser exilado pelas intrigas de um abade Dubois, que ele e o marquês de Canillac[19] só chamavam de abade Vigarista; por coincidência, esse abade fora subpreceptor do duque de Orléans e o servira em seus prazeres; nós o vimos, enfim cardeal, ocupar em Cambrai o lugar de Fénelon, o de Richelieu e de Mazarin no ministério, e morrer como Rabelais. O duque de Noailles zombara mais de uma vez dos estudos do abade Dubois em Brive-la-Gaillarde, onde seu pai fora apoticário e cirurgião; e o abade enviou o duque de Noailles para Brive-la-Gaillarde.

Uma vicissitude maior, que serviria para instruir os homens se algo pudesse instruí-los, foi a ascensão do cardeal de Fleury e a queda do príncipe de Condé, primeiro-ministro após a morte súbita do duque de Orléans.

....

19. A quem Voltaire, em 1722, dera para ler e julgar o poema da *Henriade*, então manuscrito.

Depois veio a feliz guerra de 1733, na qual se distinguiu Adriano de Noailles, que se tornara marechal de França; depois a guerra injusta que uma cabala de corte fez eclodir para despojar a filha[20] do imperador Carlos VI, apesar da fé dos tratados e das mais sagradas promessas; finalmente a guerra infeliz de 1756, que fez Luís XV perder tudo o que possuía no continente das Grandes Índias e nas Américas e tornou a mergulhar o Estado na terrível pobreza a que fora reduzido após a morte de Luís XIV: pobreza acompanhada do mais brilhante e também mais frívolo luxo em Paris, cidade ampliada e embelezada em meio às desgraças públicas. Uma contradição chocante, mas comum, pois nas desgraças do Estado sempre há um grande número de homens, fidalgos ou arrivistas que, tendo enriquecido com as misérias do povo, vêm exibir seu fausto, enquanto os oprimidos se escondem.

Adriano, marechal, duque e par de França, morreu retirado em Paris, longe do fausto turbulento, com a idade de cerca de 88 anos. É assim que tudo acaba; essa é uma reflexão da qual poucos homens tiram proveito para se retirar do mundo quando o mundo se retira deles.

---

20. Marie-Thérèse; ver tomo XV, p. 191.

Artigos extraídos
da
Gazeta literária da Europa

(março-novembro de 1764)

Nota de Beuchot

A *Gazeta literária da Europa*, cujo primeiro número estava prometido para a *primeira quarta-feira do mês de julho próximo* (o prospecto não diz de qual ano, mas deve ser de 1763 ou 1762) e que só foi publicada em 7 de março de 1764, teve dois anos de existência; o último caderno é de 1º. de março de 1766. A coleção forma oito volumes in-8º. Seus redatores eram o abade Arnaud, morto em 1784, e J.-B. Suard, morto em 1817. Voltaire demonstrava grande interesse pela *Gazeta literária* e enviou-lhe muitos artigos. Apenas seis desses artigos haviam sido incluídos nas edições de Kehl[1]. Outros dezoito, coletados pelo senhor Clogenson, foram, em 1821, inseridos no tomo XLIII da edição das *Oeuvres de Voltaire* publicada pelo senhor A.-A. Renouard. Clogenson pensa ter reconhecido Voltaire num pequeno número de escritos publicados em 1765 e 1766, mas resistiu à tentação de introduzi-los. Nada mais fiz do que o seguir em todos os pontos.

Os vinte e quatro artigos que leremos foram publicados de março a novembro de 1764. Colocando-os ininterruptamente

---

1. São os artigos III, XIII, XIV, XVII, XXIII, XXIV. Os editores de Kehl colocaram o artigo III no *Dicionário filosófico*; os outros cinco, nas *Miscelâneas literárias*.

em seqüência, ordenei-os na ordem de sua publicação. Pensei ser melhor reuni-los que dispersá-los obedecendo-lhes a data.

BEUCHOT

I

DISCOURSES CONCERNING GOVERNMENT,
BY ALGERNON SYDNEY, ETC.

Discurso sobre o governo, *de Algernon Sidney.
Londres, Millar Editor, 1763, in-8º*[2].

(14 de março de 1764)

Apenas anunciaremos esses *discursos*: já são conhecidos e foram traduzidos há muito tempo para o francês; dentre todas as obras políticas, é nesta que os princípios dos governos livres são desenvolvidos e sustentados com mais calor e força. Sidney escrevia com o coração e selou seus sentimentos com seu sangue. Esses mesmos *Discursos sobre o governo* lhe custaram a vida; mas tornarão sua memória imortal. Nem Atenas nem Roma tiveram republicano mais ardente e mais orgulhoso que Algernon Sidney: ele decla-

....

2. Não encontramos, na correspondência de Voltaire, nenhuma passagem em que faça alusão a este artigo; mas esse parece pertencer-lhe incontestavelmente. É seu patriotismo, sua maneira de julgar Carlos I, Cromwell e Luís XIV. Em outros momentos ele desmente, como aqui, anedotas relativas ao rei da França; e, para demonstrar sua falsidade, utiliza às vezes as mesmas, ou quase as mesmas, expressões. (Cl.)

rou guerra a Carlos I; aliou-se, sem pertencer a nenhuma seita e nem mesmo a nenhuma religião, com os entusiastas ferozes que destronaram e decapitaram juridicamente esse príncipe infortunado; mas, assim que Cromwell tomou o governo, Sidney se retirou e não quis servir sob esse usurpador. O ódio ardente e inflexível que consagrara à monarquia tornou-o suspeito e temível para Carlos II. Quiseram matá-lo, acusaram-no de estar envolvido numa conspiração tramada contra a pessoa do rei. Mas, como não tinham provas contra ele, apoderaram-se de seus *discursos*, que jamais haviam sido publicados, e denunciaram-nos como sediciosos. Jurados corruptos o declararam culpado de alta traição e ele foi condenado a ser enforcado e esquartejado. Jeffreys, seu juiz e inimigo pessoal, ao anunciar-lhe essa horrível sentença, exortou-o com um tom de desprezo a padecer sua sina com resignação; Sidney lhe disse: "Tateia meu pulso e vê se meu sangue está agitado." O suplício foi contudo abrandado e contentaram-se em cortar a cabeça de Sidney: ele defendera sua causa com nobreza e viu a morte com a tranqüilidade de Brutus, que escolhera como modelo.

Foi anexada à nova edição que anunciamos uma Vida de Sidney, na qual encontramos particularidades curiosas, algumas extremamente absurdas. Pretendem que esse homem célebre, estando na França e certo dia acompanhando Luís XIV à caça, o rei, que o viu montado num belíssimo cavalo, propôs-lhe que o vendesse e determinasse um preço. Acrescentam que, como Sidney não quisesse vender o cavalo, Luís XIV deu ordem para que se apoderassem dele e entregassem a seu senhor o dinheiro que pedisse; mas que Sidney, indignado com essa violência, matou o cavalo com um tiro de pistola, dizendo: "Meu cavalo nasceu livre, foi montado por um homem livre e jamais carregará um rei de escravos." Como é possível acreditar num conto tão extravagante? É conhecer muito mal os costumes da França, os da corte e a extrema polidez de Luís XIV; este não teria tratado assim o último de seus súditos: como imputar-lhe tão tirânica grosseria para com um estrangeiro de distinção, cujo pai havia sido embaixador em sua corte? Há muitas memórias repletas de anedotas assim ridículas.

II

(4 de abril de 1764)

Informam-nos de Leipzig que será publicada em breve uma tradução alemã das *Considerações sobre os corpos organizados*, do senhor Bonnet, cidadão de Genebra.

Esse autor se propõe examinar, em seu livro, como ocorre a reprodução dos seres vegetantes e animados; não acreditamos que essas *Considerações* possam lançar muita luz sobre essa grande e obscura questão, desespero dos filósofos antigos e modernos; mas revelam ao menos um espírito muito prudente e esclarecido.

[3]Os antigos quiseram adivinhar, como nós, os segredos da natureza, mas não tinham um fio para se guiar pelos meandros desse imenso labirinto. O auxílio dos microscópios, a anatomia comparada, dois séculos de observações contínuas foram nossos instrumentos; abrimos algumas portas do edifício, mas sempre nos aconteceu a mesma coisa que àquele curioso que, dizem, entrou numa tumba na qual uma lâmpada sepulcral queimava havia dois mil anos: pisou num mecanismo que derrubou a lâmpada e a apagou.

A natureza age de várias maneiras para gerar os seres que vegetam ou que têm vida; produz sem raízes quase to-

....

3. É impossível não reconhecer Voltaire pela maneira como fala aqui da preexistência dos germes, comparando-a com outras passagens em que ele zomba do autor da *Palingenesia filosófica*. (Cl.)

das as plantas aquáticas; serve-se da união dos dois sexos em todos os quadrúpedes e bípedes.

Existem outros que perpetuam sua raça sem nenhum acasalamento. Assim, em muitas espécies de peixes, basta que um macho passe sobre os ovos de uma fêmea, lançados ao acaso perto das margens, para que esses ovos sejam fecundados. Vemos répteis vivíparos, outros ovíparos.

Há larvas que se multiplicam por brotamento; outras, como várias plantas, que podem ser cortadas em várias partes e cada parte reproduz uma cabeça e às vezes um rabo.

O que chamamos de singularidades é infinito; tudo deve parecer um prodígio, pois tudo é inexplicável.

> Revelarás um dia por que engenho sutil[4]
> O eterno artesão faz vegetar os corpos?
> Por que a horrível víbora, o tigre, a pantera
> Jamais abrandaram seu caráter cruel;
> E por que, reconhecendo a mão que o alimenta,
> O cão morre lambendo o mestre que adora?
> Por que com seus cem pés, que parecem ser inúteis,
> Esse trêmulo inseto arrasta seus passos débeis?
> Por que essa larva mutante constrói um túmulo,
> Se enterra e ressuscita com um corpo novo,
> E, com a fronte coroada e rutilante,
> Alça vôo estendendo as asas?

Platão tentou explicar o mistério da geração por meio de simulacros que refletiam a Divindade, pelo número três e pelo triângulo. A sensata física já não se contenta com esses triângulos e simulacros. Hipócrates, abandonando essa vã metafísica, viu a união dos sexos e a mistura dos princípios da vida desses dois sexos como a única causa da geração.

---

4. Versos de Voltaire, quarto dos *Discursos sobre o homem*, 15-26; ver tomo IX.

Mas freqüentemente um dos dois sexos não fornece seu princípio; e quantos animais nascem sem essa união!

Descartes, em seu *Tratado sobre a formação do feto*, não examina apenas a questão da geração.

Harvey, o maior anatomista de sua época, só admitia o sistema dos ovos e adotou a divisa: *Omnia ex ovo*[5]. Quase extinguiu as gazelas dos parques do rei da Inglaterra, dissecou algumas imediatamente após a copulação, outras depois de algumas horas, outras depois de alguns dias: acreditou ver a origem da formação, mas não a viu. Pretendeu, além disso, que o princípio que emanava do macho não produzia nenhuma alteração nos ovos dos pássaros, e Malpighi assegurou-se do contrário pela experiência; mas Malpighi concordou com Harvey a respeito do sistema dos ovários, ou seja, que todas as fêmeas possuem ovos mais ou menos visíveis, nos quais o feto está contido. Essa opinião tão verossímil de Harvey e Malpighi permaneceu universal até o momento em que Leuwenhoeck, Valisnieri e muitos outros observadores acreditaram encontrar, com o auxílio do microscópio, nos princípios emanados do macho, incontáveis pequenos animais agitando-se no fluido com extrema velocidade.

Acreditou-se então que esses pequenos animais, entrando no interior da fêmea, encontravam ovos dispostos a recebê-los, e que a fêmea, nesse caso, era apenas a nutriz. Mas como, de tantos animais fornecidos pelo macho, um só se alojava no ovo? Como o galo, animal tão fértil, não fornecia esses animálculos que acreditavam ter descoberto nas outras espécies?

Acabaram permanecendo na dúvida: o que sempre acontece quando se quer remontar às primeiras causas.

....
5. Ver tomo XXI, p. 336.

O autor[6] da *Vênus física* recorreu à atração; pretendeu que, nos princípios fecundos do homem e da mulher reunidos, a perna esquerda do feto atrai a perna direita inequivocamente; que um olho atrai um outro deixando o nariz entre os dois, que um lobo do pulmão é atraído pelo outro lobo, etc.

Se tivessem dito ao grande Newton que um dia alguém faria tal uso de seu *Princípio matemático da gravitação*, ele teria ficado bem surpreso.

Um filósofo eloqüente e muito esclarecido[7] pretendeu ver a origem de todos os corpos vegetantes e animados em partículas que chama orgânicas, que tomam a forma de cada parte do corpo organizado por meio de certos moldes interiores e em seguida se reúnem num reservatório comum para formar o animal ou a planta. Mas o que são moldes interiores? Como eles modificam a forma interior de uma molécula? Como uma molécula modificada num molde interior do cérebro, por exemplo, não perde sua primeira forma passando por uma infinidade de outros moldes interiores que se encontram em seu caminho desde a cabeça até o reservatório da semente? O autor sentiu perfeitamente que tudo isso não podia ser explicado pelos princípios mecânicos conhecidos; recorreu a certas forças desconhecidas, de que não podemos, diz ele, formar uma idéia: isso não significa multiplicar as obscuridades?

Parece que é preciso voltar à antiga opinião de que todos os germes foram formados ao mesmo tempo pela mão que engendrou o universo; que cada germe contém em si todos os que devem nascer dele, que toda geração não passa de um desenvolvimento; e, estejam os germes dos ani-

---

6. Voltaire não ridiculiza aqui Maupertuis, como era seu hábito; teriam muito facilmente reconhecido o autor da *Diatribe do doutor Akakia*. (Cl.)

7. Charles Bonnet.

mais contidos no macho ou na fêmea, é verossímil que existam desde o princípio das coisas, como a terra, os mares, os elementos, os astros.

Essa idéia talvez seja digna do eterno Artesão do mundo, se alguma de nossas concepções pode ser digna dele.

A extrema e inconcebível pequenez dos últimos germes, contidos naquele que lhes serve como que de pai, não deve assustar a razão. A divisibilidade da matéria ao infinito não é uma verdade física, é somente uma sutileza metafísica aplicada à geometria; mas é verdade que um mundo inteiro pode estar contido num grão de areia, na mesma proporção em que existe o universo que vemos. Provavelmente serão necessários alguns séculos para esgotar as sementes encerradas umas nas outras, e será, então, talvez, que, a natureza chegando a seu último período, o mundo em que vivemos tenha um fim como teve um começo.

O autor das *Considerações sobre os corpos organizados* adota a bela hipótese segundo a qual tudo se faz por desenvolvimento e que cada germe contém todos aqueles que um dia nascerão. Admite ovos nas fêmeas vivíparas e reconhece os ovos como a estadia dos germes, o que é, contudo, ainda duvidoso.

Talvez esse autor engenhoso e profundo não dê, nesse sistema, razões bastante convincentes da formação dos monstros, da semelhança dos filhos às vezes com o pai, às vezes com a mãe; mas em que sistema já foram bem explicados esses segredos da natureza?

Seu livro é, além disso, uma coletânea de experiências curiosas, de boas razões e de dúvidas tão estimáveis quanto as razões.

Notemos que não apenas os germes dos corpos animados e dos vegetais são preexistentes como, ainda, é necessário que, em cada um deles, haja outros germes organizados de seus membros, que devem reproduzir-se quando o animal os perdeu. Assim um camarão deve ter, em suas patas, germes de novas patas, que se desenvolverão quando necessário. Assim, um verme que perdeu a cabeça tem o germe de uma outra cabeça, que vem substituir aquela que foi cortada.

É também uma questão muito curiosa a formação de um número prodigioso de animais nascidos em outros animais. A dobra do ânus de um cavalo ou de um boi, o nariz de um carneiro, o papo de um cervo, as entranhas do homem, a pele de quase tudo o que respira torna-se ninho de uma infinidade de insetos. Dessa maneira, todos os animais se alimentam uns dos outros, assim como se destroem.

A tênia, réptil tão extraordinário, achatado e largo como uma fita, que se apodera dos intestinos do homem e de alguns animais, que cresce até o comprimento de nove ou dez alnas, tem seu germe imperceptível num pequeno inseto imperceptível que cresce, dizem, na superfície da água; seu nascimento e seu crescimento são igualmente extraordinários, mas é necessário que seu indivíduo tenha preexistido, como todos os outros.

Não há geração propriamente dita: tudo não passa de desenvolvimento, e os braços do homem já estão no feto, como vemos a olho nu as asas da borboleta na crisálida.

Os germes de todas as coisas estarão encerrados nas suas espécies particulares ou espalhados em todo o espaço? O autor parece acreditar na disseminação dos germes; contudo, não é muito mais natural que cada espécie animada esteja encerrada no lugar que lhe convém? O germe de um elefante ou de um camelo não são, ao que parece, como o pó das flores e das ervas que os ventos afastam do lugar de nascimento.

Quase tudo o que se refere aos primeiros mecanismos da vida e da vegetação é tratado ou indicado nesse livro. Conhecemos os pólipos, que são zoófitos ou animais-plantas. Se há algo que parece confirmar o sistema da continuidade da cadeia dos seres, são essas formas intermediárias que parecem preencher o intervalo entre os vegetais e os animais, e que tudo indica serem animais mistos da cadeia imensa da natureza. Essa idéia, retomada dos gregos, seria tão verdadeira e evidente? Da vegetação à simples areia, à argila, acaso não existe uma distância infinita? Os pólipos, as urtigas do mar são realmente animais? acaso têm sentimento, e não é o dom inexplicável do sentimento que constitui o animal? Percebemos, de fato, uma gradação contínua e sem interrupção entre os seres? Vemos animais de quatro pés e de dois, mas não de três, apesar das admiráveis propriedades atribuídas ao número três pela antiguidade. Encontramos répteis que têm um número indeterminado de pés. Quantas espécies não podemos imaginar entre o homem e o macaco, entre o macaco e os outros gêneros!

E, se levantarmos os olhos para o espaço, que gradação proporcional existe entre as distâncias, as dimensões e as revoluções dos planetas? Essa pretensa cadeia é rompida desde Saturno até as entranhas de nosso pequeno globo.

Os limites de um artigo não nos permitem um exame mais longo. Acabamos por notar que, seja qual for o sistema adotado, precisamos admitir uma força motriz que, de um embrião menor que a centésima milionésima parte de uma pulga, forma um elefante, um carvalho. É essa força motriz, princípio de tudo, que queremos conhecer. Ela age de um extremo ao outro do universo. Mas o que seria? O eterno Geômetra[8] permitiu-nos calcular, medir, dividir, compor; mas, quanto aos primeiros princípios das coisas, tudo leva a crer que ele os reservou para si.

....
8. Expressão muito utilizada por Voltaire. (Cl.)

III

(4 de abril de 1764)

Não sei, senhores, se caiu em vossas mãos uma obra inglesa intitulada *Elementos de crítica*, publicada o ano passado na Inglaterra pelo senhor Henri Home[9], lorde Kaims. Permiti que vos submeta algumas singularidades curiosas sobre esse livro[10].

Não se pode ter mais profundo conhecimento da natureza e das artes que esse filósofo, e ele faz todos os esforços para que o mundo seja tão sábio quanto ele. Prova-nos, em primeiro lugar, que temos cinco sentidos e que sentimos menos a suave impressão exercida em nossos olhos e orelhas pelas cores e pelos sons do que sentimos uma pancada na perna ou na cabeça.

Instrui-nos sobre a diferença que todo homem experimenta entre uma simples emoção e uma paixão da alma; ensina-nos que as mulheres passam às vezes da piedade ao amor. Ele poderia citar o exemplo de Angélica em Ariosto, tão bem imitado por Quinault[11]:

> A piedade por Medor não cessava de abrandar;
> Meu funesto langor aumentava à medida
>   Que se curava sua ferida:
> E corro o risco agora de nunca me curar.

Mas, apesar de escocês, Home prefere citar uma tragédia inglesa: Otelo, o mouro de Veneza tão famoso em Lon-

---

9. Voltaire fala de Home também no tomo XVII, p. 407, e no tomo XXI, p. 366. Home, jurisconsulto e agrônomo, era um filósofo que pertencia à escola escocesa, cujo chefe era seu amigo Reid.

10. Os editores de Kehl, que haviam incluído este artigo no *Dicionário filosófico*, modificaram-lhe o início.

11. *Rolando*, ato I, cena II.

dres. A amante de Otelo devia ser bem piedosa para apaixonar-se por um negro que falava de *cavernas, de desertos, de canibais, de antropófagos*, e que lhe dizia que *estivera a ponto de afogá-la*.

Daí, passando para a medida do tempo e do espaço, o senhor Home conclui matematicamente que o tempo é longo para uma moça que se vai casar e curto para um homem que se vai enforcar; depois dá definições da beleza e do sublime. Conhece tão bem a natureza de ambos que reprova totalmente estes belos versos de *Atália* (ato II, cena VII):

> A suavidade de sua voz, sua infância e graça,
> Insensivelmente minha inimizade
> Superam... Eu seria sensível à piedade!

Condena este monólogo de *Mitridate* (ato IV, cena V):

> Quê! das mais caras mãos temendo as traições,
> Tomei o cuidado de me armar contra todos os venenos;
> Aprendi, com longa e penosa indústria,
> Dos mais mortais venenos a prevenir a fúria:
> Ah! quão melhor teria sido, mais sábio e feliz,
> Repelindo os sinais de um amor perigoso,
> Não deixar encher com ardores envenenados
> Um coração já gelado pelo frio dos anos!

Acha que este monólogo de dom Diego, no *Cid* (ato I),

> Ó raiva! Ó desespero! Ó velhice inimiga! etc.

é um trecho deslocado e sem sentido, no qual dom Diego não diz nada do que deve dizer.

Mas, em compensação, o crítico adverte que os monólogos de Shakespeare "são os únicos modelos a serem seguidos e que ele não conhece nada de tão perfeito". Dá um belo exemplo, tirado da tragédia de *Hamlet*: seguem-se alguns fragmentos, traduzidos quase verso a verso e muito fielmente (ato I, cena II):

HAMLET
Oh! Se minha carne demasiado rija aqui pudesse derreter-se,
Degelar, escorrer, desfazer-se em orvalho!
Oh! Se o Ser eterno não tivesse um cânone
Contra o suicídio!... ó céu! ó céu! ó céu!
Como tudo o que hoje vejo no mundo
É triste, sem graça, sem utilidade!
Ai! Ai! é um jardim repleto de plantas selvagens!
Após um mês minha mãe esposar meu próprio tio!
Meu pai, um tão bom rei!... O outro, em comparação,
Não passava de um sátiro, e meu pai um sol.
Meu pai, lembro-me, amava tanto minha mãe,
Que nunca suportava que um vento em seu rosto
Soprasse rudemente. Ó terra! Ó justo céu!
Preciso acaso lembrar que ela o acariciava
Como se o apetite aumentasse comendo!
Um mês! *Fragilidade!* teu nome é *mulher*,
Um mês, um parco mês! antes de ter gasto
Os sapatos que usava em seu enterro!

Alguns leitores talvez se surpreendam com os juízos do senhor Home, lorde Kaims; e alguns franceses poderão dizer que Gilles, numa feira de província, se exprimiria com mais decência e nobreza que o príncipe Hamlet; mas devemos considerar que essa peça foi escrita há duzentos anos; que os ingleses nada têm de melhor; que o tempo consagrou essa obra; e que, enfim, é bom ter uma prova tão pública do poder do hábito e do respeito pela antiguidade.

O conteúdo do discurso de Hamlet está na natureza: isso basta para os ingleses. O estilo não é o de Sófocles e de Eurípedes; mas a decência, a nobreza, a justeza das idéias, a beleza dos versos, a harmonia são pouca coisa, e o senhor Home, que é juiz na Escócia, pode dizer que o conteúdo aqui supera a forma.

É com o mesmo gosto e a mesma justeza que ele acha este verso de Racine ridiculamente empolado:

> Mas tudo dorme, o exército, os ventos e Netuno[12].

Esse sublime simples, que tão bem exprime a calma funesta em razão da qual a frota dos gregos está parada, não agrada ao crítico; *um oficial*, diz ele, *não deve exprimir-se assim*.

É preciso ater-se ao belo natural de Shakespeare.

Hamlet inicia-se com uma troca de sentinela: o soldado Bernardo pergunta ao soldado Francisco se tudo esteve tranqüilo. *Não vi nem correr um camundongo* (ato I, cena I), responde Francisco. Admitamos que uma tragédia não pode começar com mais nobre e majestosa simplicidade. É Sófocles puro.

O senhor Home exprime assim, sobre todas as artes, juízos que nos poderiam parecer extraordinários.

É um efeito admirável dos progressos do espírito humano que hoje nos venham da Escócia regras de gosto para todas as artes, do poema épico à jardinagem. O espírito humano amplia-se todos os dias e não devemos desesperar de receber em breve poéticas e retóricas das ilhas Orcades. É verdade que preferiríamos ver nesses países grandes artistas a grandes argumentadores sobre as artes: sempre haverá mais escritores prontos a fazer elementos de crítica, como milorde Kaims, que uma boa história, como seus compatriotas, o senhor Hume e o senhor Robertson.

É fácil dar opiniões sobre Tasso e Ariosto, sobre Michelangelo e Rafael; não é tão fácil imitá-los, e devemos dizer

....
12. *Ifigênia*, ato I, cena I.

que, hoje, já não temos necessidade de exemplos nem de preceitos, tanto na França quanto na Escócia.

De resto, se o senhor Home é tão severo com todos os nossos melhores autores e tão indulgente com Shakespeare, devemos dizer que não trata melhor Virgílio e Horácio.

Se quer dar o exemplo de algum deslize, é em Virgílio que vai buscá-lo. Zomba da contradição manifesta que supõe nestes versos do primeiro livro da *Eneida*[13]:

> (...) gravemente comovido e das profundezas do mar
> lançando seu olhar, elevou serena sua fronte sobre as ondas.
> [Graviter *commotus*, et alto
> Prospiciens summa *placidum* caput extulit unda.]

Pensa que o *placidum* contradiz o *commotus*; não vê que *placidum caput* quer dizer o semblante que apazigua as tempestades; não vê que um senhor irritado pode, mostrando um semblante sereno, apaziguar as querelas de seus escravos.

Acha indecente que Horácio, numa epístola familiar a Mecenas, diga[14]:

> Por que Júpiter, em sua justa cólera, haveria de não inflar
> suas faces contra eles?
> [Quid causae est, merito quin illis Jupiter ambas
> Iratus buccas inflet?]

Esquece que a expressão *inflare buccas*, significando *ameaçar*, provinha do grego, familiar para os romanos, e seu tom era o mais conveniente para a sátira.

O senhor Home sempre dá sua opinião como lei e estende seu despotismo a todos os objetos. É um juiz a quem cabem todas as causas.

---

13. Verso 130.
14. Livro I, sátira I, 20-21.

Seus decretos sobre arquitetura e jardins não nos permitem duvidar que ele seja, de todos os magistrados da Escócia, o mais bem instalado, e que possua o mais belo parque. Acha os bosques de Versalhes ridículos; mas, se algum dia fizer uma viagem à França, receberá as honras de Versalhes; será levado a passear nos bosques; farão as águas das fontes brincar para ele, e talvez então não se sinta tão desgostoso.

Depois disso, se ele zombar de nossos bosques de Versalhes e das tragédias de Racine, aceitaremos de bom grado: sabemos que cada um tem seu gosto; consideramos todas as pessoas de letras da Europa convivas que comem na mesma mesa; cada um tem seu prato e não pretendemos desagradar ninguém.

IV

LETTERS OF THE RIGHT-HONOURABLE LADY M-Y W-Y M-E, ETC.

Cartas de milady *Marie Wortley Montague, escritas durante suas viagens à Europa, Ásia, África, etc. Londres, Becket Editores, 3 volumes in-12, 1763*[15].

(4 de abril de 1764)

Esta é a terceira edição dessas cartas. Os que as conhecem apenas pelas traduções francesas publicadas até agora não poderiam formar delas uma justa idéia. Foram lidas com avidez por todos os que entendem a língua inglesa. *Milady* Montague foi chamada de a Sévigné da Inglaterra;

15. Ver, na *Correspondência*, uma carta de Voltaire a Argental, do ano 1762. Voltaire, pensando que a *Gazeta literária* começava a ser publicada, lamentava que não se tivesse nela incluído um artigo sobre *lady* Montague; mais tarde, em 1764, não deixou escapar a ocasião de uma nova edição dessas cartas e escreveu esse artigo, no qual encontramos frases quase idênticas às da carta de 1762. (Cl.)

mas não tem a agilidade do estilo da senhora de Sévigné, nem sua imaginação viva e sensível; é de uma elegância encantadora, nutrida por uma erudição que honraria um sábio e que é temperada pelas graças. Reina acima de tudo na obra de *milady* Montague o espírito de filosofia e de liberdade que caracteriza sua nação. A senhora de Sévigné, em suas cartas, sente muito mais do que pensa. A senhora de Maintenon às vezes escrevia o que não pensava; a senhora Montague escreve tudo o que pensa. As cartas dessas duas francesas só interessam a sua própria nação; as cartas de *milady* Montague parecem feitas para todas as nações que querem instruir-se.

Quando em 1716 seu marido foi nomeado embaixador na Turquia, ela o acompanhou e fez a viagem por terra; atravessou países que nenhuma pessoa de consideração visitara havia mais de 600 anos. Passou por Petervaradin, pelos desertos da Sérvia, por Filipópolis, pelo monte Ródope, por Sofia. Depois, quando retornou por mar, viu com atenção os lugares que a *Ilíada* celebrou. Assim, depois de ter percorrido a pátria de Orfeu, observou o teatro da guerra cantada por Homero. Viajou com a *Ilíada* na mão, e às vezes parece animada de seu espírito.

Sua posição, sua curiosidade e um ligeiro conhecimento da língua turca abriram-lhe as portas de tudo o que é eternamente fechado e desconhecido para os estrangeiros. Foi acolhida e grandemente festejada pela esposa do grão-vizir e pela sultana, viúva do imperador Mustafá. A magnificência voluptuosa de algumas casas em que as pessoas se desvelaram para recebê-la superou tudo o que conhecemos de agradável em nossos climas frios. Foi recebida na casa da mulher do lugar-tenente do grão-vizir por dois eunucos negros, que a conduziram entre duas fileiras de moças, todas elas semelhantes às divindades que pintamos, mas ainda menos belas que sua senhora. Ficou encantada com suas danças e sua música, que ela compara e parece preferir à música da Itália; acrescenta que suas vozes são mais comoventes que as das italianas. Temos a impressão de estar lendo um romance grego ao ler algumas dessas cartas; mas, ao contrário do romance, ela retifica a maioria de nossas idéias sobre os costumes turcos; ela nos ensina, por exemplo, que as mulheres desse país têm ainda mais liberdade que as nossas. Podem ir a todos os lugares, cobertas por um véu duplo. Não é permitido a nenhum homem ousar parar uma mulher velada, e o marido com o mais justificado ciúme não ousaria deter a mulher na rua: assim, elas podem ir a encontros com a mais completa segurança.

Os turcos conhecem a delicadeza do amor; fazem, como nós, versos para as amadas. Citaremos o grão-vizir Ibrahim, genro do imperador Achmet III. Ibrahim queixa-se de que o sultão adia demasiado o dia das núpcias e que a sultana obedece demasiado ao pai.

ESTÂNCIAS

I

"O rouxinol volteia nas vinhas em busca das rosas que ama. Também vim admirar a beleza das vinhas, e a doçura de vossos encantos capturou-me o coração. Vossos olhos são negros e atraentes como os da corça; vossos olhos, como os da corça, são selvagens e desdenhosos."

II

"O momento de minha felicidade é postergado dia após dia. O cruel sultão não me permite ver essas faces mais vermelhas que as rosas; não ouso ainda colher nelas um beijo. A doçura de vossos encantos capturou-me o coração. Vossos olhos são negros e atraentes como os da corça; vossos olhos, como os da corça, são selvagens e desdenhosos."

III

"O infeliz Ibrahim suspira nestes versos. Um raio lançado por vossos olhos traspassou-me o peito. Ah! quando verá o momento do deleite? Ah! sultana dos olhos de corça! anjo entre os anjos! desejo, e é em vão. Tereis prazer em atormentar meu coração?"

IV

"Meus gritos lancinantes elevam-se até o céu: o sono abandona minhas pálpebras. Volta ao menos os olhos para mim, sultana, para que eu contemple tua beleza. Adeus... desço à tumba... mas chama-me, tua voz reterá minha alma fugitiva... Meu coração arde como enxofre; deixa escapar um suspiro e esse coração ficará em brasas. Glória de minha vida! bela luz de meus olhos! ó minha sultana! minha fronte está prostrada no chão. Lágrimas ardentes inundam-me as faces... sinto o delírio do amor. Abre tua alma à piedade; deixa ao menos um olhar cair sobre mim."

Esse fragmento, fielmente vertido de acordo com a tradução literal feita por *milady* Montague, manifesta o estilo da poesia oriental; nele encontramos a desordem de sentimentos e idéias que pode nos parecer exagerada, mas que provavelmente é natural a povos mais sensíveis e menos cultos. Um árabe expressa-se, na linguagem comum, de maneira mais figurada e mais ousada do que nos atreveríamos a usar em versos. Um amante escrevia à amada que tinha a tez branca e os cabelos negros: "O dia está em teu rosto e a noite em teus cabelos."

Milady fala dos banhos quentes de Sofia, famosos naquelas paragens como os de Bourbonne, de Plombières, d'Aix-la-Chapelle entre nós; mas que diferença entre a rústica simplicidade de nossos banhos e a magnificência dos banhos turcos! São domos de mármore por cuja cúpula a luz penetra. O piso, os degraus das arquibancadas dispostas em círculo, tudo é de mármore. O centro de cada aposento é uma fonte que jorra água. Ela afirma que encontrou nesses degraus, ornados com almofadas e tapetes soberbos, um número considerável de mulheres que a convidaram a se banhar. Não tinham outro traje além do que atribuíamos às Graças. Jovens escravas, adornadas como elas apenas pela própria beleza, trançavam os cabelos de suas senhoras e as perfumavam com essências aromáticas. O que mais surpreendeu *milady* Montague nesse singular espetáculo foi a extrema modéstia de todas aquelas damas nuas e a simplicidade polida com que quiseram convencê-la a banhar-se com elas. Se essa aventura não fosse verdadeira, não vemos o que poderia ter feito *milady* Montague escrevê-la a uma amiga.

Voltou por Marselha. Ficou pouco tempo em Paris e retornou à sua pátria por Calais. Percebemos claramente, pelo desprezo que ela demonstra por nossos dogmas e cerimônias, que é uma inglesa que escreve.

V

Dicionário universal dos fósseis, *etc., do senhor Élie Bertrand, primeiro pastor da Igreja francesa de Berna; 1763, 2 volumes in-8º.*

(18 de abril de 1764)

Esta obra, muito ampla, na qual só há coisas úteis, parece necessária a todos os aficionados por história natural. Nela encontramos muitas observações que procuraríamos inutilmente em outros lugares. O autor não perde tempo fazendo sistemas; apresenta o que a natureza produz, sem querer adivinhar inutilmente como ela opera. Não afirma que os glossópetras sejam línguas de cães marinhos que teriam vindo, todos juntos, na mesma margem, depositar suas línguas para que se petrificassem. Não declara que as pedras chamadas maçãs cristalinas ou melões do Monte Carmelo tenham sido originalmente melões, etc.; leva em conta o que a natureza nos oferece e não o que nos esconde.

O autor explica claramente, sem afetar nem demasiada concisão, nem demasiada eloqüência, tudo o que se refere à pirotecnia, à metalurgia e às pedras preciosas. Fala não apenas do que leu, mas do que viu, e podemos dizer que viu tudo com olhos esclarecidos. Possui um gabinete de história natural muito curioso. Esse gabinete seria uma aquisição bastante útil para quem quisesse adquirir sem esforço conhecimentos seguros nessa parte da física.

VI

POEMS, BY C. CHURCHILL.

Poemas, de C. Churchill. Londres, Dryden Leach, editor, 1763, in-4º[16].

(18 de abril de 1764)

Esses poemas são sátiras cheias de amargor, de calor e de força: haviam sido publicados separadamente; o autor,

16. Este artigo é, mais uma vez, indubitavelmente de Voltaire; é sua maneira de exprimir-se sobre Sterne, Pope, etc. Sabemos, além disso, que foi o primeiro a quem a França deve o conhecimento dos principais autores ingleses. Eu seria ainda tentado a acreditar ser ele o autor de um artigo sobre Tristam Shandy, que figura no tomo V, p. 39, da *Gazeta literária*, artigo que contudo excluo, como vários outros, por medo de enganar-me. (Cl.) – Considerando a maneira como Voltaire fala de Sterne no primeiro de seus *Artigos extraídos do Jornal de política e literatura*, não deve ser ele o autor do artigo sobre Sterne incluído no tomo V da *Gazeta literária da Europa*. (B.)

reunindo-os num volume, fez algumas mudanças e acrescentou muitos versos felizes. O primeiro poema que tornou o senhor Churchill famoso entre o público intitula-se *A Rosciada*; nele satiriza diferentes atores dos dois teatros de Londres. É um assunto bastante estranho para a estréia de um teólogo da Igreja anglicana. O reverendo senhor Sterne, capelão de York, estreou com o romance mais alegre que decente de *Tristram Shandy*. *A Rosciada* teve êxito e rendeu para seu autor os aplausos dos eruditos e a censura do clero, principalmente do bispo de Rochester, em cuja diocese ele oficiava.

Poder-se-ia julgar, pelo objeto principal dessas sátiras, que o senhor Churchill não escreveu nem para os estrangeiros, nem para a posteridade. Os retratos de alguns atores, uma querela com jornalistas, uma aventura de fantasma, uma disputa particular com o senhor Hogarth, etc., tudo isso não pode ter interesse para além dos limites de Londres e das circunstâncias. Mas o senhor Churchill semeou nesses fragmentos belezas que são de todos os tempos; sua poesia é cheia de verve, calor e energia: não se contenta em apontar os vícios e os ridículos dos particulares; ataca com a mesma intrepidez e a mesma força os vícios de seu século e de sua nação. O senhor Churchill é considerado um dos maiores poetas e, talvez, o primeiro poeta satírico que a Inglaterra produziu. Assemelha-se menos a Pope que a Dryden, que parece ter também estudado mais. Não é tão puro, tão correto como Pope, mas tem mais originalidade em sua escrita; seu estilo, embora de elegância menos contínua, tem uma harmonia mais abundante e mais variada. Pope foi criticado por seus versos rimarem quase sempre dois a dois e o sentido concluir-se a cada copla. O senhor Churchill procede mais livremente; mas com freqüência é frouxo e negligente, e seu estilo é atravancado por parênteses que, encastrando-se uns nos outros, ocupam às vezes até vinte ou trinta versos. Esse defeito é bastante comum nos escritores ingleses, tanto na prosa quanto nos versos.

Mas o que nos parece ainda bem mais condenável nas poesias do senhor Churchill é o amargor e por vezes a atrocidade que imprime à sátira: sabemos que esse gênero de poesia tem limites menos ou mais estreitos, conforme a diferente natureza dos governos. A liberdade de escrever deve ser maior onde o povo tem alguma participação na legislação. É uma espécie de censura pública que se coaduna muito bem com os princípios da democracia. É por essa razão que, nos primeiros tempos da Grécia, a sátira, então empregada apenas no teatro, era violenta; abrandou-se quando os princípios da aristocracia começaram a prevalecer sobre os da democracia. Na Inglaterra, parece que a lei dá a cada particular o direito de atacar, em seu caráter público, todo homem que ocupa um cargo; mas em todos os lugares a lei deve proteger a reputação e os costumes privados de um cidadão: quando a lei se cala, cabe ao próprio público vingar os direitos da sociedade ultrajada. O senhor Churchill nos parece ter violado todas as leis da compostura e da honestidade social. Entregue ao espírito de partido, distribui louvores e censuras, segundo os preconceitos que adotou. Juvenal e Horácio disfarçavam, na maioria das vezes, os nomes daqueles que atingiam com seus epigramas; o senhor Churchill acusa um homem *de vender sua alma de lama a quem queira pagar por ela*, e o nomeia. Pope, Dryden e outros satíricos ingleses contentavam-se em designar suas vítimas pelas iniciais de seus nomes; o senhor Churchill não se digna nem mesmo a usar o mais tênue véu. O próprio Despréaux, que às vezes ultrapassou os limites legítimos da sátira, é, perto do satírico inglês, o mais gentil e o mais educado dos homens. Fazendo justiça aos grandes talentos do senhor Churchill, desejamos que os use, no futuro, de um modo mais conforme aos direitos da honestidade e ao interesse de sua própria glória, escolhendo assuntos que sejam de interesse mais geral e moderando a violência desenfreada de sua musa[17].

VII

THE COMPLETE HISTORY OF ENGLAND, ETC.

A História completa da Inglaterra de Júlio César até a revolução, *de David Hume; nova edição, revista e aumentada. Londres, A. Millar, editor, 1764, 8 volumes in-8.º*[18].

(2 de maio de 1764)

Nada podemos acrescentar à notoriedade dessa História, talvez a melhor das já escritas em todas as línguas. A nova edição que anunciamos encerra algumas mudanças, mas pouco consideráveis. Não nos propomos apresentar um fragmento dessa obra; a maior parte dela já está traduzida em francês, e a tradução do restante não tardará a ser publicada[19]. Nós nos limitaremos a apresentar aqui algumas reflexões gerais sobre a própria história da Inglaterra e sobre o caráter do novo historiador.

Jamais o público sentiu tão bem que cabe apenas ao filósofo escrever história. O filósofo não deve, como Tito Lí-

....

17. Churchill morreu no mesmo ano em que Voltaire escreveu este artigo.

18. Há, neste escrito curioso, vinte frases em que identifico Voltaire. Ele enuncia aqui suas opiniões habituais sobre Tácito, amante de sátiras; sobre Tito Lívio, historiador crédulo. Tinha plena estima por Hume e suas obras; escreveu-lhe mesmo uma longa carta algum tempo depois, em 24 de outubro de 1766. Podemos ver, no capítulo XII de *Pirronismo da história*, como ele trata o anedotista Suetônio; Tácito também é criticado. (Cl.)

19. Ela é da senhora Bellot, a quem já devemos uma excelente tradução do *Reino dos Tudor*. (Nota dos autores da *Gazeta literária*.)

vio, entreter os leitores com prodígios; também não deve, como Tácito, sempre imputar aos príncipes crimes secretos. Há uma diferença entre um historiador fiel e um erudito malicioso que envenena tudo num estilo conciso e enérgico. O filósofo não registrará os rumores populares como Suetônio; não dirá que Tibério enxergava com clareza tanto de noite quanto de dia; duvidará que um príncipe enfermo, de setenta e dois anos, tenha se retirado a Cápreas unicamente para abandonar-se a deboches monstruosos, desconhecidos até mesmo pela juventude dissoluta daqueles tempos e para os quais foram necessárias novas expressões.

O filósofo não é de nenhuma pátria, de nenhuma facção. Gostaríamos de ver a história das guerras de Roma e Cartago escrita por um homem que não fosse nem cartaginês nem romano.

Mézerai desagrada aos franceses mesmo quando diz: "Calai-vos, escritores alemães; vossas histórias cheiram mais a vinho do que a óleo." Daniel sempre mostra demais a que país e a que profissão pertence. O senhor Hume, em sua História, não parece nem parlamentar, nem realista, nem anglicano, nem presbiteriano; nele distinguimos somente o homem eqüitativo.

Vemos com um prazer mesclado de horror, na História de Henrique VIII, os primórdios do desenvolvimento do espírito humano que deve um dia abrandar os costumes, e a antiga ferocidade que os tornava tão atrozes. A Inglaterra muda de religião quatro vezes sob Henrique VIII, Eduardo, Maria e Elizabeth. Os parlamentos, que desde então são tão ciosos da liberdade natural aos homens e que a mantêm com tanta coragem e mesmo com tantos excessos, são, sob Henrique VIII e sua filha Maria, os covardes instrumentos da barbárie. Nada vemos além de forcas, cadafalsos e fogueiras. Terá sido necessário passar por tais estágios para chegar à época em que os Locke aprofundaram o entendimento humano, em que os Newton desenvolveram as leis da natureza e em que os ingleses abarcaram o comércio das quatro partes do mundo?

Que cenas apresentam os tempos de Henrique VIII, do jovem Eduardo e de Maria! Henrique VIII, como seus predecessores, submeteu-se durante muito tempo ao poder da corte de Roma; separa-se dela apenas porque está apaixonado[20] e porque o papa Clemente VII, intimidado por Carlos V, não quer favorecer seu amor. Esse mesmo príncipe manda queimar, de um lado, todos os que acreditam na supremacia do papa e todos os que não acreditam na transubstanciação. Rompeu com Roma por uma mulher e fez com que essa mesma mulher morresse no cadafalso; manda, em seguida, uma outra esposa para o mesmo suplício. A última princesa da casa de Plantageneta, a mãe do cardeal Lapole[21], é arrastada ao cadafalso aos oitenta anos: padres, bispos, pares, chanceleres, todos são igualmente sacrificados aos bárbaros caprichos desse louco sangüinário. Se ele fosse um particular, teria sido trancafiado e amarrado como um furioso; mas, como é filho de um Tudor usurpador que foi vencedor do tirano, não encontra um único juiz que não se empenhe em ser órgão de suas crueldades e ministro de seus assassinatos judiciários.

Após a morte desse monstro, os ingleses, que ainda eram católicos separados do papa, tornam-se protestantes; mas o espírito de perseguição que embrutecia os homens há tanto tempo continua subsistindo, e o costume de vingar querelas particulares com assassinatos jurídicos ganha nova força. O duque de Somerset, protetor da Inglaterra, manda

....

20. Esse acontecimento famoso é desenvolvido com muita fineza e sagacidade em *História do divórcio de Henrique VIII*, do senhor abade Raynal. (Nota dos autores da *Gazeta literária*.)

21. Ou Pole, ou Pool, ou Polo ou Polus.

cortar a cabeça do grande almirante Seymour, seu próprio irmão; ele mesmo logo depois perde a vida em um cadafalso pelo julgamento do duque de Northumberland, que perece em seguida pelo mesmo suplício. O arcebispo de Canterbury queima sectários e, por sua vez, é queimado. A rainha Maria manda executar a rainha Joana Gray e toda a sua família. A rainha Maria Stuart, acusada de ser cúmplice do assassinato do marido, é condenada, após dezoito anos de cativeiro, a ser decapitada, por ordem da rainha Elizabeth. O neto da rainha Maria Stuart é, enfim, condenado por seu povo ao mesmo suplício.

Se imaginarmos o número prodigioso de cidadãos que morreram da mesma morte que seus chefes e senhores, veremos que essa parte da história seria, se ousamos dizer, digna de ser escrita pelo carrasco[22], já que ele recolhera as últimas palavras de tantos homens de Estado que lhe foram todos abandonados.

Se nos limitássemos a esses objetos de horror, se conhecêssemos da história inglesa apenas essas guerras civis, essa longa e sangrenta anarquia, essa privação de boas leis e esses horríveis abusos das poucas leis prudentes que poderia haver então, que homem não pressagiaria a decadência e a ruína certa desse reino? Mas é precisamente o contrário: foi da anarquia que saiu a ordem; foi do seio da discórdia e da crueldade que nasceram a paz interna e a liberdade pública.

Isso é o que distingue o povo inglês de todos os outros povos e o que torna sua história tão interessante e tão instrutiva. Esse povo volta por si mesmo à ordem e, alguns anos após a catástrofe de Carlos I, vemos os absurdos e fe-

....
22. Voltaire empregou, depois, essa mesma frase no capítulo VIII de *A princesa de Babilônia*, ver tomo XXI, p. 410; e citou-a no artigo *Suplício* de suas *Questões sobre a Enciclopédia*, ver tomo XX, p. 459.

rozes fanáticos que banharam as mãos em seu sangue transformados em filósofos. A razão humana se aperfeiçoa na mesma cidade em que talvez não houvesse, na época de Carlos I, um único homem que tivesse noções razoáveis.

Um dos mais espantosos contrastes do espírito humano é o da autoridade que Cromwell tinha, tanto nos parlamentos quanto nos exércitos, com aquele palavreado absurdo e repugnante que reinava em todos os seus discursos. Todas as palavras que foram recolhidas dele estão abaixo do que os profetas das Cevenas jamais pronunciaram de mais baixo e de mais extravagante; são expressões que não têm nenhum sentido e termos da mais vil populaça. Assim ele falava tanto no parlamento quanto no púlpito e, para a vergonha dos homens, talvez assim se devesse falar então; pois, o linguajar presbiteriano e a loucura profética estando na moda, um discurso razoável não teria comovido homens cujo entusiasmo extinguira-lhes a razão. Que prodigiosa diferença entre o estilo dos bons escritores da nação e o de Cromwell, quer dizer, entre suas idéias! Contudo, é esse estilo que o coloca no trono, pois o valor só o teria feito coronel ou major: foi com o palavreado profético que reinou.

Após essa terrível confusão no Estado, na Igreja, na sociedade, na maneira de pensar, a razão recuperou enfim seu império e até o estendeu para além dos limites ordinários. É sobretudo hoje que podemos dizer dessa nação:

> Três poderes, surpresos com o nó que os une,
> Deputados do povo, os grandes e o rei,
> Divididos nos interesses, unidos na lei, etc.
> (*Henriade*, cap. I, 314-316)

O furor dos partidos durante muito tempo privou a Inglaterra tanto de uma boa história quanto de um bom governo. O que um tóri escrevia era negado pelos whigs, desmentidos por sua vez pelos tóris. Rapin Thoiras, estrangeiro, parecia o único a ter escrito uma história imparcial; mas vemos ainda a mancha do preconceito até nas verdades contadas por Thoiras; ao passo que, no novo historiador, descobrimos um espírito superior à sua matéria, que fala das fraquezas, dos erros e das barbáries como um médico fala das doenças epidêmicas.

VIII

(2 de maio de 1764)

Imprimiram-se em Pisa várias tragédias de nosso teatro, fielmente traduzidas em versos brancos, ou seja, em versos não-rimados, pelo cavaleiro *Lorenzo Guazzesi*.

A *Ifigênia* de Racine parece tão bem vertida quanto seria possível; mas uma tradução, por mais bela que seja, nunca pode produzir o mesmo efeito do original. É impossível que a limitação não seja percebida numa obra de longo fôlego. Um epigrama, um madrigal podem ganhar numa tradução; uma tragédia só pode perder. É que o autor, ao compor, foi continuamente animado pelo gênio e pelo assunto de que estava imbuído; e o tradutor, dedicando-se a copiar as idéias e as expressões de um outro, necessariamente perde de vista todo o conjunto: essa sujeição apaga o entusiasmo.

Como é possível que a imposição da rima, a maior de todas as imposições, deixe a Racine toda a liberdade e todo o calor de seu espírito, e que o tradutor, livre desses penosos entraves, pareça contudo bem menos livre que Racine?

> A peine un faible jour nous éclaire et nous guide,
> Vos yeux seuls et les miens sont ouverts en Aulide.
> Avez-vous dans les airs entendu quelque bruit?

Les vents nous auraient-ils exaucé cette nuit?
Mais tout dort, et l'armée, et les vents, et Neptune[23].

Un debil lume
Fa ch'io to scorga e dubbio a te mi guida;
In Aulida tu solo ed io siam desti;
S'udi rumor per l'aere, o forse i venti
Si svegliar questa notte a nostri voti?
Ma qui ognun dorme, e in placido riposo
Giace l'armata, la marina, e il vento.

Talvez seja difícil traduzir melhor e, contudo, não vemos nesses versos nem a pompa, nem a elegância, nem a facilidade, nem a força de Racine.

In placido riposo afrouxa inteiramente este belo verso:

Mais tout dort, et l'armée, et les vents, et Neptune.

Esta cesura tão expressiva, *Mais tout dort* [mas tudo dorme], não é mantida: *il vento, le vent* [o vento], não produz o mesmo efeito que *les vents* [os ventos]. *La marina* está longe de significar *Netuno*, que o poeta representa aqui como adormecido, sem afetar contudo uma figura poética. *Netuno* no final de um verso é uma imagem e uma expressão bem superior ao termo *vento*. Quantas belezas para aqueles que são um pouco iniciados nos mistérios da arte! Todas elas se perdem na tradução.

Por isso, nunca pudemos traduzir bem as belas cenas do *Pastor fido*. A causa pode ter sido, em parte, a dificulda-

....

23. Apenas uma débil luz nos ilumina e guia,
Apenas teus olhos e os meus estão abertos em Áulis.
Escutaste nos ares algum barulho?
Os ventos nos teriam atendido esta noite?
Mas tudo dorme, o exército, os ventos, e Netuno. (N. da T.)

de que nasce da rima; mas que numa língua tão abundante como a italiana não se possa traduzir perfeitamente em versos brancos nossos versos rimados, que não se possa, com a maior liberdade, imitar a facilidade de um autor acorrentado pela recorrência dos mesmos sons, isso nos parece espantoso; e, ao que parece, só podemos entendê-lo percebendo que aquele que inventa, por mais imposições que sofra, parece sempre mais à vontade do que aquele que imita. Em suma, não se traduz o gênio.

O cavaleiro Guazzesi traduz muito fielmente este verso de *Alzire*[24]:

Votre hymen est le noeud qui joindra les deux mondes.[25]

    Le tue nozze, o figlio,
Tosto uniranno il gemino emispero.

Mas *tuas núpcias, ó meu filho, unirão em breve os dois hemisférios* não exprime *esse nó que reúne os dois mundos*: pois o nó que os une forma uma imagem que não se encontra na tradução, e a palavra *tosto, em breve*, enfraquece a idéia.

Acontece pois de, com as correntes da rima, caminharmos às vezes com um passo mais seguro do que ao nos libertarmos dessa servidão, e daí podemos concluir que a rima, que representa a cada momento uma grande dificuldade superada, é absolutamente necessária para a poesia francesa.

É verdade que a rima aumenta muito o aborrecimento que nos causam todos os poemas que não se elevam acima do medíocre; mas, nesse caso, o autor não teve a habilidade

....
24. Ato I, cena I.
25. Vosso hímen é o nó que reunirá os dois mundos. (N. da T.)

de ocultar aos leitores a dificuldade que sentiu ao rimar; esses experimentam o mesmo cansaço sob o qual ele sucumbiu. É um mecânico que expõe suas polias e suas cordas; ouve-se seu barulho estridente: ele desagrada, ele revolta. De vinte poetas, muito raramente há um único que saiba subjugar a rima; esta subjuga todos os outros: nesse caso, ela nada mais é do que um ressoar de consonâncias enfadonhas.

O poeta deve escolher, entre a infinidade de idéias que se apresentam a ele, a que pareça a mais natural, a mais justa e que, ao mesmo tempo, se harmonize melhor com a rima que busca, sem que isso nada custe à força do sentido nem à elegância da expressão. Esse trabalho é prodigioso; mas quando é bem sucedido produz enorme prazer em todas as nações, já que todas as nações, desde os romanos, adotaram a rima.

Se, lendo os belos trechos de Ariosto, de Tasso, de Dryden e de Pope, percebemos que eles rimaram, só o sentimos pela satisfação secreta que proporciona uma dificuldade sempre vencida de modo feliz. Milton não rimou, e a explicação que o senhor Pope deu ao senhor Voltaire é que Milton não podia fazê-lo[26].

O senhor De Lamotte, querendo introduzir as tragédias em prosa, excluía o mérito, ao excluir a dificuldade.

O prazer que resulta dos versos de Racine deve-se a que a mais exata prosa não pode dizer melhor. É o cúmulo da arte, já o dissemos[27], quando a mais escrupulosa prosa nada pode acrescentar ao sentido que os versos encerram.

É bastante notável que, entre todos os estrangeiros que têm gosto e que se familiarizaram com nossa língua,

....

26. Ver tomo VI do *Teatro*, a dedicatória de *Irene*; tomo XVIII, pp. 507, 580; e tomo XX, p. 372.

27. Voltaire quer talvez falar do que dissera em seu *Comentário sobre Corneille*, publicado um ou dois meses antes.

não exista nenhum que não sinta em Racine o mérito dessa facilidade, dessa harmonia, dessa elegância contínua que caracterizam todas as suas tragédias. Depois que começam a leitura de uma de suas peças, já não conseguem largá-la. Cedem a um encanto irresistível. Existe pois uma beleza real na arte com a qual Racine superou a dificuldade da rima.

O defeito mais comum dos versos vem de se acreditar que se tem o direito de falar menos corretamente em versos do que em prosa. Os versos são duros e frouxos, o estilo intrincado de solecismos, e as peças que mais fazem sucesso no palco não podem sustentar o olhar do leitor atento.

Não acusemos a rima, mas a negligência daqueles que não a sabem manejar. Ela deve fornecer somente belezas, em razão de sua própria dificuldade.

Não é sem razão que se imaginou o Parnaso como um monte escarpado, no qual é quase impossível subir sem cair. Deram-se asas a Pégaso apenas como um emblema da dificuldade de dominar ora seu vôo, ora seu passo. A glória em todos os gêneros está ligada unicamente ao difícil, e esse difícil deve sempre parecer fácil: foi o que Racine conseguiu, e é quase tão impossível quanto indispensável imitá-lo.

IX

(9 de maio de 1764)

Informam-nos que está sendo preparada, em Cambridge, uma magnífica edição in-4º de todas as obras do doutor Middleton[28]. É um dos homens mais cultos e um dos melho-

---
28. Ela nunca foi publicada.

res escritores da Inglaterra. Foi colocado, por muita gente, entre os incrédulos: estamos bem longe de adotar cegamente essas acusações de impiedade, intentadas tão facilmente hoje em dia, com tanta inabilidade quanta violência, contra todos os que escrevem com alguma liberdade; mas não podemos dissimular que esse teólogo exprimiu opiniões muito difíceis de conciliar com os verdadeiros princípios do cristianismo.

Escreveu uma dissertação para provar que várias cerimônias augustas da Igreja romana haviam sido praticadas pelos pagãos: Jurieu e muitos outros protestantes já se haviam manifestado acerca desse objeto; mas o que essa dissertação prova, além de que a Igreja santificou práticas comuns a muitas religiões? Todas as cerimônias são indiferentes em si mesmas; é o objeto ou o motivo que as torna sagradas ou ímpias: as pessoas prosternam-se em todos os templos do mundo; trata-se apenas de saber diante de qual ser devemos nos prosternar. O fato de grande parte das cerimônias e das leis dos hebreus terem sido tomadas dos egípcios, como pretende o sábio Marsham[29], não faz que a economia moisaica deixe de ser de instituição divina.

Num tratado célebre *sobre os Milagres*, Middleton pretende que o dom dos milagres começou a enfraquecer-se a partir do segundo século, e que eles se tornaram menos freqüentes por terem se tornado menos necessários. Abraça e justifica o quanto pode a opinião de Scaliger, de que São Pedro jamais foi a Roma. Afirma, além disso, que o primeiro capítulo do *Gênesis* é puramente alegórico. Não queremos adotar ou justificar esses paradoxos, e não nos cabe discuti-los; mas reconhecemos a erudição, a candura e sobretudo a moderação do teólogo inglês. Apesar de, por

---

29. Em seu *Canon chronicus oegyptiacus, hoebraicus, groecus*, 1662.

nascimento, por profissão e pelos juramentos que prestara ao Estado e à universidade de Cambridge, da qual era membro, ter sido inimigo da Igreja romana, nunca fala dela com ironia nem com mordacidade. Examina os monumentos de Roma antiga e moderna não apenas como arqueólogo, mas também como filósofo, que sabe o quanto os usos se fundam nas opiniões e nos costumes.

Sua *Vida de Cícero* é muito conhecida entre nós pela tradução feita pelo abade Prévost. Os elogios contínuos que faz a Cícero encontraram muitos contraditores. Os que quiseram fanar a memória desse grande homem fundaram-se na autoridade de Díon Cássio, escritor muito posterior. Os panegiristas se apóiam no testemunho de Plutarco e dos próprios contemporâneos de Cícero. É preciso dizer que a maioria dos principais personagens aos quais a história romana faz menção são descritos, por assim dizer, como Janus, com dois rostos que não se parecem um com o outro. Alguns escritores atribuem a Júlio César apenas virtudes, outros, apenas vícios. Aqui, Augusto é visto como um bom príncipe; ali, como um tirano tão feliz quanto mau, debochado, covarde, e cruel na juventude, hábil em idade avançada, que só deixou de cometer crimes quando os crimes deixaram de lhe ser necessários. Fílon, que conhecera Tibério, diz que ele era um bom e sábio príncipe; Suetônio, que não viveu no tempo desse imperador, faz dele um monstro. Talvez essas opiniões contrárias sejam igualmente fundadas nos fatos, porque os homens têm sempre qualidades contrárias e a vida da maioria dos homens de Estado foi uma mistura contínua de boas e más ações, de vícios e de virtudes, de grandeza e fraqueza. Parece que, para bem julgar os homens públicos, poderíamos nos reportar aos monumentos secretos e não suspeitos que restam deles, como as cartas nas quais abrem o coração aos amigos; mas é nas próprias cartas de Cícero que seus admiradores e seus detratores encontram igualmente as provas de seus elogios e de suas censuras. Tudo isso prova o quanto é difícil e talvez mesmo inútil procurar a verdade nos detalhes da história. Quaisquer que tenham sido as virtudes patrióticas de Cícero, a posteridade sempre admirará nele o orador, o homem de Estado e o filósofo.

X

A defesa do paganismo, *pelo imperador Juliano, em grego e francês, etc. Berlim, 1764, in-8º*[30].

(23 de maio de 1764)

Este tratado, do qual o sábio P. Pétau acreditava que a religião podia tirar as maiores vantagens, até agora só era conhecido pela refutação feita por São Cirilo, que o inseriu aos retalhos numa grande obra destinada a defender o cristianismo. O senhor marquês de Argens reuniu suas diferentes partes e, após ter cuidado para que o texto fosse publicado em toda sua pureza, acompanhou-o de uma boa tradução e de uma quantidade considerável de observações quase unicamente empregadas para combater Juliano e defender a religião cristã. O objetivo do senhor De Argens ao publicar esse livro, realmente interessante para todos os que procuram conhecer a história do espírito humano, foi o de provar a necessidade da tolerância. Observaremos, a esse respeito, que Juliano estava entregue a todo o fanatismo da filosofia eclética; que sucumbiu a todos os excessos da superstição; que, se tivesse voltado vencedor de sua expedição contra

....

30. Voltaire mandou, em 1769, reimprimir a tradução francesa, que é do marquês De Argens, com notas para a inteligência das quais eu introduzi, em 1819, entre os escritos de Voltaire, o trabalho de D'Argens; ver, mais adiante, o *Discurso do imperador Juliano*. (B.)

os partos, faltar-lhe-iam, dizem, vítimas, tantas havia degolado para ler-lhes nas entranhas qual seria o destino de seus exércitos ou para tornar as divindades propícias; que, como Plotino, Porfírio e Jâmblico, vangloriava-se de ter um comércio imediato com as naturezas celestes e que, contudo, esse príncipe, por mais fanático, por mais supersticioso que fosse, jamais empregou a violência, menos ainda os tormentos, para obrigar os cristãos a mudar de religião. Aprendera com o virtuoso Libânio que os remédios violentos podiam eliminar certas doenças, mas que os preconceitos acerca da religião não podiam ser destruídos nem pelo ferro nem pelo fogo.

XI

CALLIMACHI CYRENAEI HYMNI CUM LATINA INTERPRETATIONE, ETC.

Hinos de Calímaco de Cirene, *traduzidos em versos italianos e impressos pela primeira vez em Florença, 1763.*

(23 de maio de 1764)

A história das letras bem mostra que elas têm, como todas as coisas humanas, seus períodos e suas revoluções. Os mesmos estudos que, num século, foram geralmente cultivados são abandonados no século seguinte, seja para nos dedicarmos a objetos mais úteis, seja, tal é a inconstância do homem, porque ele se deixa necessariamente envolver pelo encanto da novidade. Mas, logo, esse mesmo fundo de inconstância ou inquietude nos faz retornar a ocupações que foram durante muito tempo negligenciadas, e gostos que pareciam inteiramente extintos renascem e se mostram com o calor das paixões.

Quando as letras e as artes se reanimaram na Itália, vimos surgirem quase unicamente traduções: Homero, Hesíodo, Eurípides, Sófocles, Aristófanes, Museu, Coluto, Lícofron, etc. tiveram seus tradutores. Mais de um século decorreu em seguida sem que nenhum homem de letras nem sequer pensasse em perturbar os espíritos dos poetas antigos; mas, atualmente, atormentam-nos mais do que nunca: a Itália é inundada de versões e interpretações de toda espécie. Talvez, diz um italiano, todos estejam persuadidos de que até o momento não soubemos traduzir; talvez, também, ninguém mais saiba com o que se ocupar para conquistar um nome na república das letras.

A tradução de que se trata aqui é muito fiel e pura; aos hinos de Calímaco, o editor, o senhor Bandini, acrescentou tanto os *Epigramas* desse poeta-gramático quanto o pequeno poema sobre a *Cabeleira de Berenice*. A obra inclui diferentes versões latinas, um grande número de lições ou *variantes* e notas muito bem escolhidas.

Não encontramos, em Calímaco, nem os ímpetos sublimes, nem as figuras ousadas, nem as expressões luminosas de Píndaro; seus hinos mais se parecem com os que se atribuem a Homero: é mais ou menos a mesma cadência e o mesmo tom. Quanto à sua versificação, ela é suave, elegante e bem cuidada. O senhor abade Terrasson até pretendia que fosse superior à de Homero. Esse acadêmico estava entre os homens de letras do século passado que confundiam os progressos das artes com os progressos da filosofia. Por serem os modernos maiores geômetras do que foram os antigos, o senhor abade Terrasson afirmava que são também maiores poetas e maiores oradores. Não atentava que a poesia é filha da imaginação, como a eloqüência da liberdade; que, quanto mais as faculdades críticas se aguçam, mais a imaginação se embota; e que, se os costumes dos antigos eram poéticos, os costumes presentes resistem à poesia.

Como de todas as obras de Calímaco as menos conhecidas são seus epigramas, citaremos dois deles.

"Foi neste lugar – ele faz dizer Timão, o misantropo – que, para me esquivar ao comércio dos humanos, escolhi minha morada: quem quer que sejas, passa; aniquila-me com invectivas e imprecações, mas passa."

"Acanto, filho de Dicon, dorme aqui um sono sagrado. Pois jamais digas que os bons morrem."

Antes de acabar este artigo, observaremos que os antigos não associavam ao epigrama a idéia que dele temos hoje: não procuravam sempre terminar esse gênero de poema com alguma coisa picante e inesperada; todas as condições estavam atendidas quando o objeto era enunciado com elegância e precisão. Não que, no conjunto dos epigramas antigos, não encontremos alguns muito delicados e muito engenhosos; teremos a ocasião de apresentar muitos de inigualável fineza. Que nos seja permitido, enquanto isso, citar este, grafado na estátua de Vênus que era adorada em Cnido e composto por Praxíteles:

> Cípris passava em Cnido; e encontrou Cípris[31].
> "Ó céus! disse a deusa comovida,
> Que objeto se apresenta a meu olhar surpreso?
> Aos olhos de três mortais mostrei-me nua,
>   Adônis, Anquises e Páris;
> Mas, Praxíteles, onde foi que me viu?"[32]

....
31. Κύπρις εἶδε Κύπριν. (Nota dos autores da *Gazeta literária*.)

32. Esse verso é o último da tradução, mais concisa e melhor, que Voltaire faz desse mesmo epigrama, *Dicionário filosófico*, artigo EPIGRAMA (ver tomo XVIII, p. 559). Ele pode ter copiado a si mesmo; mas certamente não teria tomado os versos de um outro; tinha tesouros bastante ricos para não recorrer ao plágio, e sutileza suficiente para não roubar tão inabilmente. (Cl.)

XII

THE HISTORY OF LADY JULIA MANDEVILLE, ETC.

A história de lady Julie Mandeville. *Londres, R. e J. Dodsley, editores, 2 volumes in-12, 3.ª edição.*

(30 de maio de 1764)

Esse romance é, como os de Richardson, uma coletânea de cartas que todos os personagens que participam da ação escrevem uns para os outros. Tendo esses atores diferentes caracteres e cada qual vendo as coisas com um olhar diferente, disso resulta uma espécie de drama no qual os heróis e as heroínas da peça, os confidentes e as confidentes, anunciam o que aconteceu e formam a exposição, a intriga e o desfecho.

A *História de Julie Mandeville* é talvez o melhor romance desse gênero já publicado na Inglaterra desde *Clarisse e Grandisson*. Nele encontramos verdade e interesse; e é a arte de interessar que constitui o sucesso das obras em todos os gêneros, mesmo na história; e com mais razão ainda nos romances, que são histórias supostas.

A muitos filósofos espanta que os homens, tendo tantas coisas para conhecer e tão pouco tempo para viver, tenham tempo para ler romances. Já se observou que, com exceção das *Metamorfoses*, de Ovídio, que são a teologia dos antigos, dos *Contos árabes*, que se baseiam no maravilhoso, e do inimitável Ariosto, ainda mais admirável pelo estilo que pela invenção, todos os outros romances apresentam somente aventuras bem menos heróicas, menos singulares, menos trágicas do que aquelas que povoam nossas histórias. Nada há de tão atraente nas *Cassandre*, nas *Cléopâtre*, nos *Cyrus*, nas *Clélie*[33], quanto nos acontecimentos de nossos últimos séculos.

....

33. *Cassandre*, em dez volumes, e *Cléopâtre*, em doze volumes, são de La Calprenède. À senhorita de Scudéry devemos *Artamène, ou le grand Cyrus*, em dez volumes, e *Clélie*, também em dez volumes.

A descoberta e a conquista do novo mundo, as desgraças e a horrenda morte de Maria Stuart e de Carlos I, seu neto, os infortúnios de tantos outros príncipes, as aventuras e o caráter de Carlos XII, uma quantidade prodigiosa de calamidades horríveis que um contador de fábulas não teria ousado inventar; todos esses grandes quadros que interessam o gênero humano e que vêm sendo pintados, há alguns anos, por gênios que souberam agradar, derrubaram os grandes romances escritos numa época em que não havia nenhuma boa história nem em francês nem em inglês.

Os romances trágicos desapareceram e houve uma avalanche de historietas, do gênero da comédia, nas quais encontramos mil pequenos retratos divertidos da vida comum.

Os romances ingleses não eram lidos na Europa antes de *Pamela*. Esse gênero pareceu muito picante; *Clarissa* teve menos sucesso, apesar de merecê-lo mais. Os romances de Fielding apresentaram em seguida outras cenas, outros costumes, outro tom: agradaram, porque tinham verdade e alegria; o sucesso de uns e outros fez pulular, em seguida, uma série de cópias medíocres, que não obscureceram os primeiros mas diminuíram-lhes sensivelmente o gosto.

Existem sempre autores que fazem, para ocupar o ócio de tantas pessoas desocupadas, o que fazem os mercadores, que todo dia inventam modas novas para adular a vaidade e agradar a fantasia.

Esse gosto pelos romances é mais vivo na França e na Inglaterra que em outras nações. Isso prova que Paris e Londres estão repletas de homens ociosos, cuja única necessidade consiste em se divertir. As mulheres, principalmente, dão impulso a essas obras, que as entretêm com a única coisa que lhes interessa. O notável é que esses livros de pura diversão têm mais leitores na Inglaterra que na França. Por menos que um romance, uma tragédia, uma comédia façam sucesso em Londres, imprimem-se três ou quatro edições em poucos meses: isso porque a classe média é mais rica e mais instruída na Inglaterra que na França, e um grande número de famílias inglesas passa nove meses por ano em suas terras; a leitura lhes é mais necessária que aos franceses reunidos nas cidades, ocupados com prazeres e bagatelas da sociedade e que sabem menos que os ingleses viver consigo mesmos.

Os espanhóis não tiveram, desde o *Dom Quixote*, um único romance que mereça ser lido; não são, porém, os únicos dignos de pena. Os italianos nada mais tiveram depois de *Orlando furioso*; e, de fato, o que poderíamos ler depois dele? Acabaremos este pequeno artigo com uma observação: os dois heróis, o de Ariosto e o de Cervantes, eram loucos, e essas duas obras foram as melhores da Itália e da Espanha.

XIII

Aos autores da Gazeta literária

(6 de junho de 1764)

Dissestes, senhores, ao comentar o livro do senhor Hooke[34], que a história romana ainda está para ser escrita entre nós, e nada é mais verdade. Era compreensível que os historiadores romanos ilustrassem os primeiros tempos da república com fábulas que só nos é permitido transcrever para refutar. Tudo o que vai contra a verossimilhança deve ao menos inspirar dúvidas; mas o impossível nunca deve ser escrito.

Começam por nos dizer que Rômulo, tendo reunido três mil e trezentos bandidos, construiu o burgo de Roma em mil passos quadrados. Ora, mil passos quadrados mal

....

34. A *Gazeta literária*, de 28 de março de 1764, havia publicado um artigo sobre o terceiro volume da *História romana*, *de N. Hooke* (em inglês), in-4º.

bastariam para dois sítios: como três mil e trezentos homens poderiam ter morado em tal burgo?

Quais eram os pretensos reis dessa quadrilha de alguns salteadores? Não seriam visivelmente chefes de ladrões que partilhavam um governo tumultuoso com uma pequena horda feroz e indisciplinada?

Não deveríamos, ao compilarmos a história antiga, fazer sentir a enorme diferença entre esses capitães de bandidos e os verdadeiros reis de uma nação poderosa?

Já está provado, pelas declarações dos escritores romanos, que durante quase quatrocentos anos o Estado romano não teve mais de dez léguas de comprimento e o mesmo de largura. O Estado de Gênova é muito mais considerável hoje que a república romana era então.

Foi apenas no ano 360 que Veios foi tomada, depois de uma espécie de sítio ou de bloqueio que durara dez anos. Veios situava-se junto ao local onde é hoje Civita Vecchia, a cinco ou seis léguas de Roma; e o terreno em volta de Roma, capital da Europa, foi sempre tão estéril que o povo quis abandonar sua pátria para ir se estabelecer em Veios.

Nenhuma dessas guerras, nem mesmo a de Pirro, mereceria um lugar na história, se não houvessem sido o prelúdio de suas grandes conquistas. Todos esses acontecimentos, até a época de Pirro, são em sua maioria tão pequenos e obscuros que foi preciso apimentá-los com prodígios incríveis ou com fatos destituídos de verossimilhança, desde a aventura da loba que alimentou Rômulo e Remo, desde as de Lucrécia, de Clélia, de Cúrcio, até a suposta carta do médico de Pirro que propunha aos romanos, segundo dizem, envenenar seu senhor, mediante uma recompensa proporcional a esse serviço. Que recompensa poderiam lhe dar então os romanos, que não tinham nem ouro nem prata? E como é possível imaginar que um médico grego seja imbecil a ponto de escrever tal carta?

Todos os nossos compiladores recolhem esses contos sem o menor exame; todos são copistas, nenhum é filósofo: vemos todos eles honrarem com o nome de virtuosos homens que no fundo nada mais foram que bandidos corajosos. Repetem-nos que a virtude romana acabou sendo corrompida pelas riquezas e pelo luxo, como se houvesse virtude em pilhar nações e como se só houvesse vício em desfrutar o que se roubou. Se pretendiam fazer um tratado de moral, em vez de uma história, deveriam ter inspirado ainda mais horror pelas depredações dos romanos que pelo uso que eles fizeram dos tesouros pilhados a tantas nações, que eles despojaram umas após outras.

Os historiadores modernos desses tempos remotos deveriam ter discernido ao menos a época de que falam; não se deve tratar o combate pouco verossímil dos Horácios e dos Curiáceos, a aventura romanesca de Lucrécia, a de Clélia, a de Cúrcio, como as batalhas de Farsália e Actium. É essencial distinguir o século de Cícero daqueles em que os romanos não sabiam ler nem escrever e somente contavam os anos com pregos afixados no Capitólio. Em suma, todas as histórias romanas que possuímos nas línguas modernas ainda não satisfizeram os leitores[35].

Ninguém ainda pesquisou com sucesso o que era um povo escrupulosamente apegado às superstições e que jamais soube regular o tempo de suas festas; que nem mesmo soube, durante quase quinhentos anos, o que era um relógio de sol; um povo cujo senado imbuía-se às vezes de humanidade e cujo mesmo senado imolou aos deuses dois gregos e dois gauleses para expiar a galantaria de uma de suas vestais; um povo continuamente exposto aos ferimen-

....

35. Voltaire parece não ter conhecido a *Dissertação sobre a incerteza dos cinco primeiros séculos da história romana*, de Beaufort, 1738. Foi esse livro que serviu de guia a Niebuhr em suas dúvidas.

tos e que ao cabo de cinco séculos teve um único médico, que era ao mesmo tempo cirurgião e apoticário.

A única arte desse povo foi a guerra durante seiscentos anos; e, como estava sempre armado, venceu sucessivamente as nações que não estavam continuamente em armas.

O autor do pequeno volume sobre a *Grandeza e a decadência dos romanos*[36] ensina-nos mais do que os enormes livros dos historiadores modernos. Teria sido o único digno de escrever essa história, se tivesse conseguido resistir principalmente ao espírito de sistema e ao prazer de apresentar sempre pensamentos engenhosos como se fossem razões.

Um dos defeitos que tornam a leitura das novas histórias romanas pouco suportável é os autores quererem entrar nos detalhes, como Tito Lívio. Não pensam que Tito Lívio escrevia para sua nação, para quem os detalhes eram preciosos. É conhecer mal os homens imaginar que os franceses se interessarão pelas marchas e contramarchas de um cônsul que guerreia com os samnitas e com os volscos, como nos interessamos pela batalha de Ivry e pela travessia do Reno a nado.

Toda história antiga deve ser escrita de modo diferente da nossa, e foi a essas conveniências que os autores de história antiga não obedeceram. Repetem e alongam arengas que jamais foram pronunciadas, mais preocupados em exibir uma eloqüência deslocada que em discutir verdades úteis. Os exageros muitas vezes pueris, as falsas avaliações das moedas da antiguidade e da riqueza dos Estados induzem em erro os ignorantes e vexam os instruídos. Imprime-se, em nossos dias, que Arquimedes lançava flechas a qualquer distância que fosse; que levantava uma galera do meio da água[37] e a transportava para a margem mexendo a ponta

---

36. Montesquieu.
37. É Rollin que repete isso com base em Plutarco. Voltaire reproduziu o texto de Rollin, tomo XIX, p. 171.

do dedo; que cobrava seiscentos mil escudos para limpar os esgotos de Roma, etc.

As histórias mais antigas são escritas com menos atenção ainda. Nelas a crítica sadia é ainda mais negligenciada: o maravilhoso, o incrível dominam; essas histórias parecem ter sido escritas mais para crianças do que para homens. O século esclarecido em que vivemos exige dos autores uma razão mais cultivada.

XIV

Carta aos autores da Gazeta literária[38].
(6 de junho de 1764)

Acabam de ser publicadas Memórias para servir para a *Vida de Francisco Petrarca*, em dois volumes in-4º, em Amsterdam, por Arkstée e Merkus Editores. Se são apenas Memórias para servir para a composição dessa história, é de esperar que a Vida de Petrarca seja uma obra bem considerável.

É verdade que Petrarca, no século XIV, era o melhor poeta da Europa, e mesmo o único; mas não é menos verdade que entre suas pequenas obras, que tratam quase to-

....

38. Fréron, em seu *Année littéraire* [Ano literário], 1764, V, 49, fez uma viva crítica a esse artigo. Voltaire fala dela em sua carta de 23 de janeiro de 1765 ao senhor abade de Sade. (B.)
– "Conjuro-vos", escrevia Voltaire a D'Argental, "a recomendar o mais profundo segredo aos senhores da *Gazeta literária*. Não faço grande caso dos versos de Petrarca; é o gênio mais fecundo do mundo na arte de dizer sempre a mesma coisa, mas não me cabe derrubar de seu nicho o santo do abade de Sade." Infelizmente, porém, esse segredo foi divulgado pelo abade Arnaud, que anuncia que esse artigo era do punho de um grande mestre. Voltaire, que não gostava de Petrarca, mas que gostava do abade de Sade, ficou desgostoso com a indiscrição. O abade de Sade, por seu lado, pediu que Fréron fizesse a crítica das observações de Voltaire, glorificando Fréron, no segundo volume de sua obra, e chamando Voltaire de excomungado. (G.A.)

das de amor, não existe uma única que se aproxime das belezas de sentimento que encontramos difundidas com tanta profusão em Racine e em Quinault: eu ousaria mesmo afirmar que temos, em nossa língua, um número prodigioso de canções mais delicadas e mais engenhosas que as de Petrarca; e somos tão ricos nesse gênero que nem cogitamos fazer disso um mérito. Não creio que exista em Petrarca uma única canção que possamos opor a esta[39]:

> Oiseaux, si tous les ans vous quittez nos climats
> Dès que le triste hiver dépouille nos bocages,
> Ce n'est pas seulement pour changer de feuillages,
> Et pour éviter nos frimas;
> Mais votre destinée
> Ne vous permet d'aimer qu'en la saison des fleurs;
> Et quand elle a passé, vous la cherchez ailleurs,
> Afin d'aimer toute l'année.[40]

O autor das *Memórias* cita vários sonetos de seu autor favorito; assim termina o primeiro:

> Mille trecento ventisette appunto,
> Su l'ora prima, il di sesto d'aprile,
> Nel laberinto intrai, nè veggio ond'esca.
>
> (Soneto CLXXVI)

....

39. Esses versos são citados, com algumas diferenças, no verbete CANÇÕES, na obra intitulada *Conhecimento das belezas e dos defeitos*, etc. Ver tomo XXIII, p. 356.

40. Pássaros, se todos os anos migrais
   Assim que o triste inverno despoja nossos bosques,
   Não é apenas para mudar de folhagens,
   E para evitar nossas geadas;
   Mas vosso destino
   Só vos permite amar na estação das flores;
   E. quando ela passa, procurais outros lugares,
   A fim de amar o ano inteiro. (N. da T.)

[No ano três mil cento e vinte e sete, precisamente no dia 6 de abril, de manhã, entrarei no labirinto do amor e não vejo como dele sairei.]

Não podemos acusar esse soneto de excesso de brilhantismo; não há, nele, belezas refinadas.

O autor cita também o segundo soneto, que termina com estes versos:

> Trovommi Amor del tutto disarmato,
> Ed aperta la via per gli occhi al core,
> Che di lagrime son fatti uscio, e varco.
>
> Però, al mio parer, non li fu onore
> Ferirme di saetta in quello stato,
> E a voi armata non mostrar pur l'arco.
>
> (Soneto III)

[O Amor me surpreendeu sem defesas e abriu o caminho de meu coração pelos meus olhos, que se tornaram uma porta e uma via de lágrimas; ele não devia, na minha opinião, ferir-me com sua flecha nesse estado e mostrar seu arco quando tu estavas armado[41].]

O que há de mais singular nesse soneto é que foi durante muito tempo, entre os italianos, objeto de uma disputa muito viva, para saber se fora composto na segunda-feira ou na sexta-feira da semana santa.

---

41. Não é esse o sentido do último verso: O Cupido, diz Petrarca, não devia ferir-me com uma flecha, eu, desarmado, e tu, que estais armado, nem mesmo mostrar seu arco, não intentar o menor assalto, não provocar a menor perturbação.

O famoso soneto *La gola e'l sonno, e l'oziose piume* começa de modo feliz; mas há algo mais débil que seu final, que deveria ser mais vivo?

> Tanto ti priego più, gentile spirto,
> Non lassar la magnanima tua impresa.
>
> (Soneto VII)
>
> [Tanto mais te peço, espírito amável, que não abandones tua grande empresa.]

Que dizer desse outro soneto tão admirado, composto, dizem, na floresta das Ardenas? O autor pretende, nesses versos, que o tenebroso horror da floresta não pode amedrontá-lo, porque apenas o sol de Laura e seus raios de amor podem provocar-lhe calafrios; e o final desse belo soneto diz que raramente o silêncio, a solidão e a sombra lhe dão prazer, porque então ele não vê o sol de Laura.

Podemos desafiar os admiradores desses sonetos a encontrar um só que acabe de modo tão feliz como o de Zappi[42] sobre as desgraças da Itália.

> Ch'or giù dall'Alpi non vedrei torrenti
> Scender d'armati, nè di sangue tinta
> Bever l'onda del Pò Gallici armenti;
>
> Nè te vedrei del non tuo ferro cinta
> Pugnar col braccio di straniere genti,
> Per servir sempre, o vincitrice, o vinta.
>
> [Ó infeliz Itália! Não verei hoje descer do alto dos Alpes as torrentes destrutoras e os corcéis da Gália beber a onda ensangüentada do Pó.

....

42. Nascido em 1667, morto em 1719.

Eu não te veria, armada com uma espada estrangeira, combater com o braço de teus inimigos, para seres sempre escrava ou pela vitória ou pelo derrota.]

Dirijo-me a todas as pessoas de letras italianas que serão de boa-fé. Que comparem os prólogos de todos os cantos de Ariosto com aquilo que mais amam em Petrarca e que julguem, do fundo de seu coração, se a diferença não é imensa; mas, em todas as nações, a antiguidade deve sobrepujar o moderno, até que o moderno se torne por sua vez antigo. Tornou-se, nos séculos mais refinados, uma espécie de religião admirar o que se admirava nos séculos grosseiros.

Ninguém negará que Petrarca prestou grandes serviços à poesia italiana e que ela adquiriu sob sua pluma facilidade, pureza, elegância; mas há algo que chegue aos pés de Tibulo e Ovídio? Que trecho de Petrarca pode ser comparado à ode de Safo sobre o amor, tão bem traduzida por Horácio, por Boileau e por Addison? Petrarca, no final das contas, talvez não tenha outro mérito além daquele de ter escrito elegantemente bagatelas, sem gênio, numa época em que esses divertimentos eram muito estimados, por serem muito raros. Importa muito pouco que uma Laura inventada ou verdadeira tenha sido o objeto de tantos sonetos; é bem verossímil que Laura fosse o que Boileau chama de uma *Íris fictícia*[43]. Um bispo de Lombez, em cuja casa Petrarca morou durante muito tempo, lhe escreveu: "Tua Laura não passa de um fantasma da imaginação, pelo qual moldas tua musa." Petrarca lhe responde: "Padre, estou realmente apaixonado." Isso prova que os bispos eram então chamados de *padres*; mas não prova que a amada de Petrarca chamava-se Laura, assim

....
43. Sátira X, verso 262.

como os encantadores madrigais do falecido senhor Ferrand não provam que sua amada se chamava Temira[44].

XV

História do ministério do cavaleiro Robert Walpool, que se tornou ministro da Inglaterra e conde de Oxford. *Amsterdam; pode ser encontrado em Paris no livreiro Durand, 1764; 3 volumes in-12.*

(6 de junho de 1764)

Há dois erros nesse título: escreve-se Walpole e não Walpool; esse ministro era conde de Orford e não de Oxford. Conheceríamos mal o caráter do cavaleiro Walpole, se o conhecêssemos apenas por essa história, anunciada como parcialmente traduzida do inglês. Fala-se muito, ao longo desse escrito, das diferentes questões de política e comércio que ocuparam a Inglaterra durante a administração do cavaleiro Walpole, sem expor sua participação nelas. Esse ministro merece, contudo, ser conhecido; governou a Inglaterra durante vinte anos com um poder verdadeiramente absoluto, mas que sempre usou com moderação. Entendia mais de comércio e de finanças que de questões políticas; negligenciou as letras e afrouxou os mecanismos da liberdade. Conheceu mais que ninguém a grande arte dos governos modernos: a arte de dividir e de corromper. Os bons patriotas ingleses nunca o perdoarão por ter feito da corrupção um sistema. Disseram, um dia, na sua frente, que todas as vozes do parlamento eram venais: "Sei perfeitamente", respondeu ele; "conheço até as tarifas." Encontramos nos *Ensaios* do senhor Hume um retrato de Walpole, im-

....

44. Podemos ver, tomo XXIII, p. 376, um dos madrigais de Ferrand sobre Temira.

presso ainda na administração desse ministro e traçado com tanta fineza quanto imparcialidade.

XVI

(14 de junho de 1764)

Prepara-se, em Verona, uma nova edição da *Mérope* do célebre marquês Maffei[45].

O arcebispo Trissino[46], o mesmo que libertou a poesia italiana dos entraves da rima, foi o primeiro a reanimar, ou melhor, a renovar tanto o drama como a epopéia. A peça que publicou com o título de *Sofonisba*, em 1524, e não em 1529 como anunciou Crescimbeni, é a primeira obra de teatro que os italianos viram como uma verdadeira tragédia. Pouco tempo depois, Rucellai publicou sua *Rosmunda* e seu *Orestes*; e Speroni, sua *Cânace*, etc.; mas todas essas peças, friamente modeladas segundo as dos gregos, parecem tanto com os dramas de Sófocles e de Eurípedes como se pareceria com o Apolo do Belvedere uma estátua à qual nos esmerássemos em dar as mesmas proporções, sem nos preocuparmos com o caráter, a expressão e a vida. Elas servem unicamente para provar que seus autores conheciam perfeitamente as regras da tragédia antiga; isso nos deve fazer sentir a atenção que devemos dar às regras, pois certamente não é por causa deles que algum dia teríamos pensado em proscrevê-las. Os italianos nunca puderam aceitar um gênero de obras em que só lhes eram apresentados ações e costumes estrangeiros, que nem mesmo estavam ligados aos seus. Além disso, seu caráter parecia tender muito mais para o gracejo e a malícia do gênero cômico que

---

45. Ver tomo III do *Teatro*, p. 179.
46. Trissino não era arcebispo.

para a austera majestade da tragédia. As mascaradas, os improvisos, as comédias espanholas e principalmente os dramas líricos ou, para usarmos a expressão dos italianos, os melodramas acabaram por sufocar a boa tragédia. Fazia quase um século que o gosto por ela estava inteiramente extinto quando Pierre Martelli acreditou reanimá-lo, substituindo as intrigas estranhas e romanescas que os italianos haviam emprestado dos espanhóis por não se sabe exatamente quais procedimentos da tragédia francesa; mas não foi mais feliz do que haviam sido os primeiros poetas de sua nação ao tentarem transportar para seu teatro a maneira dos gregos[47]. Gravina escreveu na mesma época, como homem de gênio, sobre os princípios da arte e compôs tragédias lastimáveis. A verdadeira época do bom gosto dramático na Itália é a *Mérope* do marquês de Maffei. Esse homem culto alcançava quase o oitavo lustro quando fez essa tragédia. Era o único gênero no qual ainda não experimentara suas forças. Como, de todas as paixões que movem o coração humano, a ternura maternal lhe parecia a mais adequada para produzir uma impressão ao mesmo tempo universal e profunda, escolheu a história de Mérope, com base na qual Eurípedes escrevera, antes, seu *Cresfontes*. Trabalhando em seu plano, ele consultou a natureza e a razão e desprezou todas as leis e as regras que, longe de servir ao

....

47. O mesmo autor, convencido de que não era possível exprimir de maneira trágica os caracteres e as ações dos heróis sem usar nosso verso alexandrino, reuniu os dois versos italianos de sete sílabas em um único, que uniu com o verso seguinte por meio da rima; esses novos versos foram chamados de *martellianos*, nome de seu autor. Martelli, porém, não percebeu que as rimas masculinas e femininas do verso francês produziam uma variedade de que sua língua, composta de palavras sempre terminadas com vogais, não era suscetível; e, supondo que a nobreza e a majestade do verso compensariam essa variedade, não percebeu que a cesura e a pausa estabelecidas constantemente na sétima sílaba e o extremo comprimento do verso não podiam agradar aos ouvidos italianos. (Nota dos autores da *Gazeta literária*.)

talento, o constrangem e assustam, apresentando a tragédia como uma obra quase impossível de ser executada. A *Mérope* do marquês de Maffei teve na Itália o destino que teve na França o *Cid* de Corneille. Foi extremamente aplaudida, extremamente criticada e, após as críticas, aplaudida mais do que nunca. Na sexta cena do segundo ato dessa peça, há uma frase tão verdadeira, tão terna, tão sublime, que não podemos deixar de reproduzi-la aqui. O próprio senhor Maffei confessa não ser seu autor; mas não a emprestou de nenhuma obra; deve-a unicamente aos grandes modelos que observava constantemente ao trabalhar em sua tragédia, a natureza e a verdade. A mulher de um nobre veneziano, tendo perdido seu único filho, sucumbia ao desespero; um religioso tentava consolá-la: "Lembra-te, dizia-lhe, "de Abraão, a quem Deus ordenou mergulhar, com a própria mão, o punhal no peito do filho, e que obedeceu sem um murmúrio. – Ah, padre, respondeu ela com impetuosidade, Deus não teria ordenado esse sacrifício a uma mãe."

A *Mérope* do marquês de Maffei teve até o momento mais de cinqüenta edições; não conhecemos mais bela e mais completa do que a de Verona, 1745.

XVII

Carta aos autores da Gazeta literária[48].

(20 de junho de 1764)

Todos os objetos da ciência fazem parte de vossas atribuições; permiti que as quimeras também o façam. *Nil sub*

....

48. Nas edições de Kehl e em todas as que se seguiram até hoje, esta carta constituía a seção II do artigo SONÂMBULOS E DEVANEIOS do *Dicionário filosófico*. (B.) Ver tomo XX, p. 433.

*sole novum*⁴⁹, nada de novo sob o sol: assim, não é sobre o que acontece em pleno dia que desejo conversar convosco, mas do que acontece durante a noite. Não vos assusteis, trata-se apenas de sonhos.

Um concidadão meu acaba de mandar imprimir um livro muito profundo sobre os sonhos⁵⁰. Divide os sonhos em naturais e sobrenaturais. Os desta última espécie são raros: só os encontramos, hoje, nas tragédias. Felicito meu compatriota por ter tão belos sonhos.

Confesso, senhores, que penso quase como o médico de vosso senhor de Pourceaugnac⁵¹; ele pergunta a seu doente de que natureza são seus sonhos, e o senhor de Pourceaugnac, que não é filósofo, responde que são da natureza dos sonhos. É mais do que certo, contudo, sem desmerecer vosso limosino, que sonhos penosos e funestos denotam as penas do espírito e do corpo, um estômago sobrecarregado de alimentos ou um espírito ocupado com idéias dolorosas durante a vigília.

O lavrador que trabalhou bem e sem desgostos, e que comeu bem e sem excessos, dorme um sono pleno e tranqüilo, que os sonhos não perturbam. Enquanto estiver nesse estado, jamais se lembrará de ter tido nenhum sonho. Essa é uma verdade de que me assegurei tanto quanto pude em minha propriedade de Herefordshire. Todo sonho um pouco violento é produzido por um excesso, seja nas paixões da alma, seja no alimento do corpo: parece-me que a natureza então nos pune dando-nos idéias, fazendo-nos

....

49. *Ecl*, 1, 10.
50. O abade Louis Moreau de Saint-Élié, nascido em 1701, morto em 1754, é o autor de *Songes physiques*, 1753, in-12. Não sei se é dessa obra que Voltaire quer falar. (B.) – Não é provável, pois Voltaire está escrevendo na qualidade de um inglês.
51. Ato I, cena II.

pensar à nossa revelia. Poderíamos inferir daí que os que pensam menos são os mais felizes; mas não é a isso que desejo chegar.

Devemos dizer, com Petrônio, "quidquid luce fuit, tenebris agit[52]". Conheci advogados que discursavam em sonhos, matemáticos que procuravam resolver problemas, poetas que faziam versos. Eu mesmo os fiz bem razoáveis e os guardei. É pois incontestável que, no sono, temos idéias coerentes como na vigília. Essas idéias nos vêm incontestavelmente à nossa revelia. Pensamos dormindo, como nos mexemos na cama, sem que nossa vontade tenha nenhuma participação nisso. Vosso padre Malebranche tem pois muita razão ao dizer que nunca podemos produzir nossas próprias idéias: pois por que seríamos mais senhores delas na vigília que durante o sono? Se vosso Malebranche tivesse parado por aí, seria um grande filósofo: enganou-se apenas porque foi longe demais: é dele que podemos dizer:

Processit longe flammantia moenia mundi[53].

Quanto a mim, estou convencido de que a reflexão de *que nossos pensamentos não vêm de nós* pode suscitar excelentes pensamentos; não desenvolverei minhas idéias, pois temo aborrecer alguns leitores e assustar alguns outros.

Rogo-vos somente tolerar ainda um pequeno comentário sobre os sonhos. Não achais, como eu, que são a origem da opinião, geralmente difundida em toda a antiguidade, sobre as sombras e os espíritos? Um homem profundamente aflito com a morte da mulher ou do filho os vê durante o sono; são as mesmas feições, ele lhes fala, eles

---
52. Capítulo CIV, verso 5.
53. Lucrécio, I, 74.

lhe respondem; eles certamente apareceram para ele. Outros homens tiveram os mesmos sonhos; é impossível duvidar que os mortos voltem; mas, ao mesmo tempo, tem-se certeza de que esses mortos, ou enterrados, ou reduzidos a cinzas, ou engolfados no mar, não puderam reaparecer em pessoa; sua alma, portanto, é que foi vista: essa alma deve ser extensa, leve, impalpável, já que falando com ela não se pôde beijá-la: "effugit imago par levibus ventis[54]". Ela é moldada, desenhada segundo o corpo em que morava, já que se parece perfeitamente com ele; dão-lhe o nome de sombra, de manes; e, de tudo isso, fica nas cabeças uma idéia confusa que se perpetua tanto mais quanto ninguém a entende.

Os sonhos me parecem ainda a origem sensível das primeiras predições. Que há de mais natural e mais comum do que sonhar com uma pessoa querida que está em perigo de vida e vê-la expirar em sonho? O que de mais natural, ainda, que essa pessoa morra após o sonho funesto de seu amigo? Os sonhos que se realizaram são predições que ninguém coloca em dúvida. Não se levam em conta os sonhos que não surtiram seu efeito; um único sonho realizado produz mais efeito do que cem que não o foram. A antiguidade está repleta desses exemplos. Como somos feitos para o erro! O dia e a noite serviram para nos enganar.

Como vedes, senhores, desenvolvendo essas idéias poderíamos tirar algum fruto do livro de meu compatriota, o sonhador; mas termino por aqui, para que não me tomeis, a mim também, por um sonhador maluco.

John Dreamer.

....
54. Virgílio, *Eneida*, VI, 701-702.

XVIII

Carta aos autores da Gazeta literária[55].
(27 de junho de 1765)

Senhores,

Anunciastes que publicaríeis os acontecimentos que interessam às belas-letras; um bem triste para elas é a perda do senhor Algarotti. Ele era como vosso jornal, pertencia à Europa. Não há Estado para o qual não tenha viajado e que não tenha servido de matéria para suas diversas obras.

Foi na França que compôs a maior parte de seu *Newtonianismo per le Dame*. Era ainda bem jovem. A profunda filosofia de Newton não parecia suscetível aos adornos com que o senhor Fontenelle ornara a pluralidade dos mundos e os turbilhões de Descartes: o autor francês tinha que abordar duas ficções agradáveis; o italiano tinha que demonstrar verdades de cálculo. Contudo, imitou o senhor de Fontenelle, embora não se tenha igualado a ele; ainda soube agradar depois dele e, se não teve a mesma delicadeza, teve a mesma clareza.

Escreveu sobre a Rússia na época em que se começava a cultivar as ciências nesse vasto império. Abordou muitos pontos de história interessantes. Dele temos muitos versos italianos repletos de imagens e de harmonia.

....

55. Este artigo foi inserido na *Gazette* de 27 de junho, e Voltaire, em sua carta do dia 11 do mesmo mês ao senhor D'Argental, a ele se refere como um pequeno tributo à memória de Algarotti. Também é verdade que em 30 de junho ele escreve ao mesmo senhor D'Argental que ele fora avisado sobre Algarotti; mas não podia, no dia 30, ter visto a *Gazette* do dia 27. Fala de um artigo inserido em 20 de junho, e que não pertence a ele. Provavelmente o de Voltaire, perdido inicialmente pelos redatores do jornal, substituído pelo artigo de 20 de junho, terá sido prontamente encontrado e publicado no dia 27, talvez sobre o que lhe terá dito o conde de Argental. (Cl.)

O senhor Algarotti foi o primeiro na Itália a afirmar que, para tornar a ópera um espetáculo completo, era preciso imitar a França, acrescentar festas ao tema e incorporar esses divertimentos à peça. Fez um plano de *Ifigênia em Áulis* nesse estilo; mas uma ópera tal como as da França exige tantos atores, tantas mudanças de cenário, tantas máquinas, que é impossível aos empresários da Itália aventurar tão alta despesa. É preciso um grande soberano ou uma cidade como Paris para fazer o que pedia o senhor Algarotti. Sua Alteza Real, o infante duque de Parma[56], foi o único a executar esse projeto. Em outros lugares, ainda é necessário ater-se ao antigo costume de fazer quatro ou cinco personagens cantarem longos recitativos entremeados de arietas muitas vezes estranhas à cena, de modo que o diálogo e as árias se prejudicam mutuamente.

O senhor Algarotti era um dos maiores conhecedores de pintura, de escultura e de arquitetura da Europa. Enfrentou a morte com coragem na época em que mais devia amar a vida e mandou erigir para si um mausoléu, mais por gosto pelas belas-artes do que por desejo de ilustrar sua memória.

XIX

Anedotas sobre o Cid.

(1º de agosto de 1764)

Sempre acreditamos que o *Cid*, de Guillem de Castro, era a única tragédia que os espanhóis tivessem composto sobre esse interessante assunto; entretanto, havia ainda um outro *Cid*, que fora representado no teatro de Madri com

---

56. Don Filipe, infante da Espanha, nascido em 1720, morto de varíola em 18 de julho de 1765.

tanto sucesso quanto o de Guillem. Seu autor é dom Juan Bautista Diamante e a peça intitula-se *"Comedia famosa del Cid, honrador de su padre*; a famosa comédia do *Cid*, que honra seu pai" (ao pé da letra, *honrador de seu pai*).

Existe mesmo um terceiro *Cid*, de dom Fernando de Zarate, tanto o nome *Cid* era ilustre na Espanha e caro à nação.

Podemos observar que essas três peças têm por título: *"Comedia famosa*, famosa Comédia", o que prova que foram muito aplaudidas em sua época[57]. Todas as peças de teatro eram então chamadas *comédias*. Espanta-nos que a senhora de Sévigné, em suas cartas, diga que foi à comédia de *Andrômaca*, à comédia de *Bajazet*; seguia o antigo uso. Scudéri, em sua *Crítica do Cid*, diz: "O *Cid* é uma comédia espanhola, da qual quase toda a ordem, as cenas e os pensamentos da francesa são tirados, etc."

Nada diremos aqui da famosa comédia de dom Fernando de Zarate; ele não abordou o tema do Cid e de Ximena: a ação se desenrola numa cidade dos mouros; é um amontoado de proezas de cavalaria.

Quanto a *Cid, honrador de seu pai*, de dom Juan Bautista Diamante, acreditamos que seja anterior, em alguns anos[58], à de Guillem de Castro. Essa obra é muito rara e talvez não haja, na Espanha, três exemplares dela.

Os personagens são dom Rodrigo, Ximena; dom Diego, pai de dom Rodrigo; o conde Lozano, o rei dom Fernando, a infanta dona Urraca; Elvira, confidente de Ximena; um *criado de Ximena*; dom Sancho, que representa quase o mesmo papel que o dom Sancho, de Corneille; e, finalmente, um bufão que se chama *Nuño, gracioso*.

....

57. Nessa época, todas as comédias intitulavam-se *Comédia famosa*; nada se pode concluir desse epíteto.

58. Diamante, contemporâneo de Corneille, imitou o autor francês, em vez de ser imitado por ele.

Já dissemos, em outro escrito[59], que esses bufões representavam quase sempre um grande papel nas obras dramáticas dos séculos XVI e XVII, exceto na Itália. Dificilmente encontramos uma tragédia espanhola ou inglesa antiga em que não haja um gracejador de profissão, uma espécie de Gil. Já observamos[60] que esse vergonhoso costume vinha da maioria das cortes da Europa, nas quais sempre havia um bobo oficial. Os prazeres do espírito exigem cultura do espírito e, naquela época, a extrema ignorância só permitia prazeres grosseiros. Era insultar a natureza humana pensar que fosse impossível livrar-se do tédio a não ser colocando insensatos a seu serviço. O bobo que representa um personagem no *Cid* está tão deslocado quanto os bobos o estavam nas cortes.

Dom Sancho vem anunciar ao rei Ferdinando que o conde foi morto pela mão de Rodrigo. O valete engraçadinho, *Nuño*, afirma que serviu de segundo no combate e que foi ele quem matou o conde. "Pois", diz ele, "custa pouco parecer valente."

> Por que parecer valiente es á poquissima costa.

Perguntam-lhe por que matou o conde; ele responde: "Vi que estava com fome e mandei-o cear no céu".

> Vi que el conde tenia hambre,
> Le envie á cenar con Cristo.

Essa cena se passa quase toda em gracejos e jogos de palavras, no momento mais interessante da peça.

Quem suporia que, a tão baixas bufonarias, pudesse imediatamente suceder esta admirável cena, que Guillem

---

59. No *Comentário sobre as obras de Corneille*.
60. *Ibid*.

de Castro imitou e que Corneille traduziu, na qual Ximena vem pedir vingança da morte de seu pai e, dom Diego, a graça para seu filho?

> XIMENA
> Justicia, buen rey, justicia,
> Pide Ximena postrada,
> A vuestros pies, sola, y trista
> Ofendida, y desdichada.
>
> DIEGO
> Yo, rey, os pido el perdon
> De mi hijo, á vuestras plantas,
> Venturoso, alegre, y libre
> Del deshonor en que estaba.
>
> XIMENA
> Mató a mi padre Rodrigo.
>
> DIEGO
> Vengó del suyo la infamia.

Vemos, nesses dois últimos versos, o modelo de Corneille, que é bem superior ao original, por ser mais rápido e denso:

> Il a tué mon père. – Il a vengé le sien[61].
> [Matou meu pai. – Vingou o dele.]

Além disso, a cena inteira, os sentimentos, a descrição dolorosa mas refinada do estado em que Ximena encontrou o pai, está em dom Juan Diamante:

> Gran señor, mi padre es muerto,
> Y yo le hallé en la estacada:

....
61. *O Cid*, ato II, cena VII.

> Correr en arroyos vi
> Su sangre por la campaña,
> Su sangre que en tanto asalto
> Defendió vuestras murallas,
> Su sangre, señor, que en humo
> Su sentimiento explicaba, etc.

Sire, mon père est mort; mes yeux ont vu son sang[62]
Couler à gros bouillons de son généreux flanc,
Ce sang qui tant de fois défendit vos murailles, etc.
[Senhor, meu pai está morto; meus olhos viram-lhe o sangue
Correr aos borbotões de seu generoso flanco,
Esse sangue que tantas vezes defendeu vossas muralhas, etc.]

Talvez a Academia de Madri, como a Academia Francesa, não aprovasse, hoje, que um sangue defendesse muralhas; mas trata-se aqui apenas de mostrar como os dois autores espanhóis expressaram mais ou menos os mesmos pensamentos sobre o mesmo assunto, e como Corneille os imitou.

Dom Juan Diamante faz assim falar Ximena, na mesma cena:

"Seu coração clama por vingança por seus ferimentos. Mesmo defunto, ainda bate; parece sair de seu lugar para me acusar, se tardo a vingá-lo."

> Por las heridas me llama
> Su corazon que á un defunto
> Pienso que batia las alas
> Para salirse del pecho
> Y acusarme la tardanza.

A idéia é ao mesmo tempo poética, natural e terrível. Apenas *batia las alas* desnatura essa passagem: um coração

----
62. *O Cid*, ato II, cena VII.

não bate as asas. Essas expressões orientais, que a razão desaprova, por não serem justas, não devem jamais ser admitidas em nenhuma língua.

O autor espanhol procede, ao que parece, de uma maneira mais hábil e mais trágica que Guillem de Castro para fazer o nó da peça. O rei deixa a Ximena a escolha de condenar Rodrigo a morte ou perdoá-lo. Ximena diz tudo o que Corneille a faz dizer:

> Je sais que je suis fille, et que mon père est mort[63].
> [Sei que sou filha, e que meu pai está morto.]
>
> El conde es muerto, y su hija soy.

Sua filha é bem melhor que *sou filha*: pois não é porque Ximena é filha, mas porque é filha do conde, que deve pedir que se faça justiça com relação a seu amante.

Encontramos na peça de Diamante esse pensamento singular:

> Il est teint de mon sang. – Plonge-le dans le mien[64],
> Et fais-lui perdre ainsi la teinture du tien.
> [Ele está tingido com meu sangue. – Mergulha-o no meu,
> E faze-o assim perder a cor do teu.]
>
> Manchado de sangre mia
> El pardera lo teñido
> Si con la mia le lavas.

Quê! manchado de meu sangue! – Não o estará mais se for lavado com o meu. *Lo teñido* não é a cor; o espanhol é

....
63. *O Cid*, ato III, cena III.
64. *Ibid.*, ato III, IV.

aqui mais simples, mais verdadeiro, menos rebuscado que o francês.

É ainda nessa peça que se encontra o original deste belo verso:

> Le poursuivre, le perdre, et mourir après lui[65].
> [Persegui-lo, matá-lo e depois morrer.]
>
> Perseguille hasta perdelle
> Y morir luego com él.

Em suma, grande parte dos sentimentos comoventes, que valeram ao *Cid* francês um sucesso tão prodigioso, está nos dois *Cid* espanhóis, mas mergulhados no estranho e no ridículo. Como tal amálgama pôde ser feito? É que os autores espanhóis tinham muito gênio, e o público pouquíssimo gosto; assim, por pouco interesse que houvesse numa obra, todos ficavam satisfeitos e ninguém se preocupava com mais nada; nenhuma conveniência, nenhuma verossimilhança, nenhum estilo, nenhuma verdadeira eloqüência. Pode-se acreditar que Ximena, no final da peça, tome sem mais Rodrigo como marido, e que o velho dom Diego diga que não pode deixar de rir? *Non puedo tener la risa*. Os dois *Cid* espanhóis eram peças monstruosas, mas os dois autores tinham imenso talento. Observemos aqui que todas as peças espanholas eram então em versos de quatro pés, que os ingleses chamam de *doggerel* e que, na época de Corneille, eram chamados de burlescos. Devemos dizer que nossos versos hexâmetros são mais majestosos; mas são por vezes lânguidos; os epítetos os enfraquecem, a falta de epítetos os torna, às vezes, duros. Cada língua tem suas dificuldades e seus defeitos.

....
65. *Ibid*., ato III, III.

Quanto ao fundo da peça do *Cid*, podemos observar que os dois autores espanhóis casam Rodrigo com Ximena no mesmo dia em que ele matou o pai da amante. O autor francês adia um ano o casamento, e deixa-o mesmo em suspenso. Não se poderiam manter com mais escrúpulo as conveniências. Entretanto, os autores espanhóis não sofreram nenhuma crítica e os inimigos de Corneille o acusaram de corromper os costumes. Tal é, entre nós, a fúria da inveja: quanto mais as artes foram acolhidas na França, mais sofreram perseguições. Devemos confessar que há nos espanhóis mais generosidade que entre nós. Preencheríamos um volume com o que a inveja e a calúnia inventaram contra as pessoas de letras que honraram sua pátria.

XX

DE SACRA POESI HEBRAEORUM PRAELECTIONES ACADEMICAE, OXONII HABITAE A ROBERTO LOWTH, A.M. POETICAE PUBLICO PRAELECTORE, ETC.

Discursos acadêmicos sobre a poesia sagrada dos hebreus, pronunciados em Oxford pelo senhor R. Lowth, professor público de poesia. Oxford, grande in-8º de mais de 500 páginas.

(30 de setembro de 1764)

Essa é a segunda edição[66] de uma obra apreciada e digna de sê-lo. Vemos ao longo de toda ela uma erudição profunda com muito gosto, duas qualidades que raramen-

---

66. A primeira edição da obra de Lowth é de 1753, in-4º; a segunda, de 1763. Existe uma boa tradução francesa, Lyon, 1812, dois volumes in-8º; ela é do senhor Sicard, de Montpellier. Uma outra tradução foi publicada pelo senhor Roger, Paris, 1813, duas partes in-8º. (B.)

te encontramos juntas. O senhor Lowth se propôs examinar a poesia dos hebreus segundo o princípio que os críticos aplicaram à dos gregos e à dos romanos. Era difícil apresentar novas idéias sobre um assunto que parece esgotado, pois as belezas e as regras da poesia foram analisadas por excelentes escritores de todas as nações antigas e modernas: entretanto, apesar da dificuldade da empresa, parece-nos que esse sábio autor considerou a poesia em geral sob aspectos novos e descobriu nos poemas hebreus belezas que merecem a atenção dos homens de gosto e dos críticos.

Os discursos que compõem essa obra foram pronunciados na universidade de Oxford, na qual o autor dá aulas públicas sobre a poesia. O estilo pareceu-nos de uma latinidade pura e elegante, mas um pouco verborrágica: defeito comum dos discursos institucionais, nos quais nossos latinistas modernos, para arredondar e ligar seus períodos, enfraquecem o discurso e afogam o sentido numa avalanche de palavras superabundantes.

O primeiro discurso trata do fim e da utilidade da poesia: o autor examina se o objetivo dessa arte é agradar ou instruir, ou instruir e agradar ao mesmo tempo. Essa é uma dessas questões sofísticas e ociosas que geraram muitas páginas inúteis, e que não constituiriam dificuldade se estivessem reduzidas a termos claros e precisos. Zombaríamos de um homem que perguntasse se o fim da pintura é instruir ou agradar; o mesmo vale para a poesia: ela é indiferente ao vício e à virtude e pode servir tanto a um quanto à outra. Seu objetivo é seduzir o espírito, agradando à imaginação e ao ouvido, quer as idéias e os sentimentos que deseja excitar em nós sejam bons ou maus, úteis ou nocivos. Homero, compondo poemas sublimes, não se preocupava nem um pouco em que esses servissem para difundir superstições perigosas ou absurdas; procurava apenas divertir seus contemporâneos, falando-lhes do que mais lhes interessava, de seus deuses e heróis. Ousamos mesmo dizer que a poesia, por sua natureza, favorece mais à mentira que à verdade; pois seu objetivo é o de tudo exagerar, despertar paixões, não o de acalmá-las e turvar a razão mais do que a esclarecer. Enfim, o poeta que pintou a natureza física ou moral de maneira verdadeira e interessante cumpriu as condições de sua arte: não cumpriu os deveres de um bom cidadão, se não respeitou os costumes e as leis de seu país; mas essas obrigações não têm nenhuma relação com a essência e a natureza da poesia.

O senhor Lowth mostra que a poesia sagrada pode ser submetida às regras da crítica; e, sem entrar em nenhuma discussão teológica, examina os poemas dos hebreus segundo essas mesmas regras; considera sucessivamente o metro, a elocução e a disposição.

Os estudiosos sempre se dividiram a respeito da forma da poesia hebraica: uns acharam, conforme São Jerônimo, que ela tinha versos metrificados; outros acreditaram que fosse rimada como a dos árabes; outros disseram que consistia apenas numa linguagem mais pomposa e mais figurada. O senhor Lowth adotou o sentimento de São Jerônimo e afirma que a poesia dos hebreus era em versos sujeitos a uma espécie de metro fixo: é o que ele prova de modo bastante especioso, ressaltando várias fórmulas particulares às obras de poesia e certas alterações na forma e no emprego das palavras, que os poetas contraíam ou prolongavam, sem dúvida para ajustá-las à medida e à harmonia. Mas qual era essa espécie de metro? É o que parece impossível descobrir. Como a pronúncia do hebreu está completamente perdida hoje, já não resta nenhum traço da espécie de harmonia que essa língua pudesse ter.

Parece que os primeiros escritos dos hebreus eram em versos: o senhor Lowth mostra isso a respeito das primeiras partes da história deles e das mais antigas profecias. É o que já observamos[67] em todas as outras nações. As primeiras obras em prosa dos gregos só apareceram muito depois de Homero e Hesíodo. Ferecides de Ciro entre esse povo e Ápio Cláudio Cego entre os romanos foram os primeiros a escrever em prosa. A poesia era, nos primeiros tempos, a linguagem sagrada, a linguagem da religião e das leis. Ateneu nos ensina que as leis de Carondas eram cantadas nas festas dos atenienses, e Tácito diz que os germanos não tinham outra história além dos cantos de seus bardos. Todos esses fatos já foram observados e anotados, e não é difícil explicá-los remontando à origem da poesia, considerando sua natureza, seu objeto primitivo e sua união íntima com a música desde seu nascimento.

A linguagem dos hebreus, como a de todas as nações orientais, é notável pela força e pela audácia das imagens e das figuras; mas devemos dizer que esse povo não tinha nenhuma idéia daquilo que chamamos gosto, delicadeza, conveniência. Suas alusões freqüentes à gravidez, ao parto e a outras enfermidades do belo sexo chocam estranhamente nosso gosto e nossos costumes.

O defeito comum das figuras e das metáforas que encontramos nos poemas hebreus é serem quase sempre exageradas. Devemos contudo observar que esse defeito podia não o ser para os judeus. Esse povo, cujos costumes eram simples e ainda bárbaros, cuja imaginação era continuamente exaltada pelo ardor do clima, pelo espetáculo contínuo da guerra, pela pompa de uma religião majestosa e terrível, podia achar naturais figuras que nos parecem exageradas. Mas nada pode justificar algumas delas: *Colinas que saltam como carneiros*[68] formam uma imagem que ultrapassa todos

---

67. Tomo I do *Teatro*, p. 54; e tomo VIII, no capítulo II, do *Ensaio sobre a poesia épica*; ver também tomo XVIII, p. 564.

68. "Et exsultabunt colles sicut agni ovium." (*Nota de Voltaire*) – Lemos no salmo CXIII, versículo 4: "... Exsultaverunt... colles sicut agni ovium."

os limites da licença. A comparação, uma das figuras mais comumente empregadas pelos hebreus, está entre aquelas em que encontramos menos justeza e precisão: nas pinturas fortes e grandes esse defeito é menos gritante, mas nas imagens simples e graciosas é insuportável. Vede o *Cântico dos cânticos*, poema repleto de doçura e graças. Este início[69] apresenta um quadro encantador: "Levanta, delícia de meu coração! Vem, minha bem-amada! As neves e as chuvas desapareceram. Jovens flores já nascem do seio da terra. Os pássaros já ganham nova plumagem e a toutinegra já faz ouvir seu lamento. A figueira tempera seus frutos com delicioso suco e a vinha florida espalha ao longe um doce perfume. Levanta, delícia de meu coração! vem, ó minha bem-amada!" Isso é belo em todos os tempos e em todos os climas. Mas, quando o amante compara o pescoço da bem-amada com a torre de Davi, seus olhos ao sol e à lua, seus cabelos a um rebanho de cabras, etc., isso não pode ser agradável em nenhuma língua. Mais adiante, comparam-se os dentes da esposa a um rebanho de ovelhas *idênticas e saindo do banho*[70], e seu colo a *dois cordeiros gêmeos*[71] *que pastam em meio a lírios*: essas duas imagens têm algo de picante e doce, mas há nelas não sei quê de gigantesco que lhes destrói a graça e o efeito. O senhor Lowth, louvando quase igualmente esses diferentes trechos, deixou-se levar por essa prevenção natural e muito comum entre aqueles que se dedicam inteiramente ao estudo de certa língua e de certos autores.

Em geral, as metáforas dos poetas hebreus são claras e marcantes, porque eram buscadas em objetos familiares que estavam igualmente diante dos olhos do poeta e dos leitores. Eram comumente tiradas dos grandes objetos da

---

69. Cap. II, versículo 10.
70. Cap. IV, versículo 2.
71. *Ibid.*, 5.

natureza, o sol, a lua, as estrelas, etc.; e os poetas freqüentemente as empregavam para designar o infortúnio ou a prosperidade da nação. Os poetas latinos serviram-se também das mesmas imagens; mas não colocaram a mesma força, o mesmo calor nos coloridos. Horácio é somente elegante quando diz[72]:

> Traze luz para a tua pátria, ó bom líder,
> pois, desde que brilhou tua face sobre teu povo,
> o dia vai mais gracioso
> e os sóis têm mais brilho.
> [73][Lucem redde tuae, dux bone, patriae:
> Instar veris enim vultus ubi tuus
> Affulsit populo, gratior it dies,
> Et soles melius nitent.]

Os poetas judeus exprimem-se com mais audácia e entusiasmo. Não é nem a aurora, nem a primavera, nem uma noite sombria que oferecem a nossos olhos: o sol e os astros é que parecem, por assim dizer, receber, por uma criação nova, um imenso brilho, ou que estão prontos a mergulhar novamente nas primeiras trevas do antigo caos. Escutai Isaías anunciar ao povo escolhido o favor de Jeová e ilimitada prosperidade. "A lua terá o brilho do sol do meio-dia[74] e os raios do sol resplandecerão com um ardor sete vezes mais vivo... Já não é a luz do sol[75] que brilhará a vossos olhos; a lua já não servirá para iluminar a noite. Jeová será para vós uma luz eterna, o sol já não se porá e a lua já não

....
72. Livro IV, ode V, versos 5-8.
73. "Devolve, amável príncipe, devolve a luz à tua pátria: logo que teu rosto brilha aos olhos do povo, semelhante à primavera, ele torna os dias mais belos e o brilho do sol mais puro." (*Nota de Voltaire*.)
74. Is, 30, 26.
75. *Ibid.*, 60, 19-20.

retirará sua claridade; os dias de vossas dores acabaram, etc." Não podemos admirar do mesmo modo, como o senhor Lowth, a seguinte imagem do mesmo profeta: "A lua terá vergonha e o sol enrubescerá, quando o Deus dos exércitos vier reinar."[76]

Os poetas hebreus são particularmente excelentes em pintar com energia a grandeza e a majestade de Deus e principalmente suas vinganças. "Deus está sentado nas nuvens como em seu carro[77]; voa nas asas dos ventos; os relâmpagos devoradores são seus ministros." Quando os profetas anunciam aos judeus a guerra, a fome e os flagelos que a cólera de Deus prepara para eles, é quase sempre com a imagem da convulsão do mundo. Essa figura é terrível em Jeremias, quando ele prediz a devastação da Judéia. "Olhei a terra[78] e a vi informe e desabitada. Vi as montanhas, arrancadas de suas bases, agitar-se e entrechocar-se. Nenhum homem se ofereceu a meu olhar; os pássaros do céu haviam desaparecido. Levantei os olhos para o firmamento; suas chamas estavam apagadas; tudo se consumia no fogo devorador da cólera de Jeová." Os poetas profanos não têm um quadro tão imponente e tão vigoroso.

Os poetas sagrados são particularmente atentos em observar o caráter particular e distintivo dos objetos que descrevem. Falam muito freqüentemente do Líbano e do Carmelo, mas não citam indiferentemente essas duas montanhas. O Líbano com seus altos cedros serve para representar a grandeza do homem, ao passo que o Carmelo, coberto de vinhas, oliveiras e arbustos, é empregado para pintar a delicadeza, a graça e a beleza da mulher.

....

76. "Et pudebit lunam et erubescet sol meridianus, cum regnat Jehova exercituum" (Isaías, 24, 23). (*Nota de Voltaire.*)

77. Sl 103, versículos 3 e 4.

78. Jr, 4, 23-26.

As comparações são feitas apenas para darem mais força e mais clareza a uma idéia; nesse caso, os poetas só deveriam tomar como termo de comparação objetos conhecidos de seus leitores. Virgílio parece ter rompido essa regra quando, no décimo segundo livro de sua *Eneida*[79], ele compara Enéas com o monte Atos e com o monte Éryx, montanhas estrangeiras que os romanos não conheciam; mas devemos observar que apenas as nomeia, ao passo que, logo acrescentando também o Apenino, pinta-o com as mais vivas cores.

> Tão grande como o Athos, ou como o Éryx,
> ou como ele mesmo quando faz tremer suas árvores
> agitadas e se regojiza de seu vértice coberto de neve,
> onde ele se exalta, o augusto Apenino, até as nuvens.
> [Quantus Athos, aut quantus Eryx, aut ipse coruscis
> Cum fremit ilicibus quantus, gaudetque nivali
> Vertice se attollens pater Apenninus ad auras.]

Essa diferença é digna de nota; quanto mais estudamos esse grande poeta, mais admiramos o gosto sábio e profundo que reina em suas poesias. Nada há de mais comum, nas obras dos poetas modernos, do que vermos pintados objetos que tanto eles como seus leitores só conhecem de ouvir falar. Transportam-se para nossas florestas as palmeiras da Ásia e os leões da África. Os pastores de Pope queixam-se dos devorantes ardores do verão, como os de Teócrito nos campos da Sicília. Pope, na sua terceira *Pastoral*, que se passa na Inglaterra, descreve como Virgílio *o ardente Sirius queimando os campos sedentos*[80]. Pinta, nas vinhas de

....
79. Versos 701-703.

80. *The sultry Sirius burns the thirsty plains*. Esse verso é vertido de modo curioso numa tradução das *Pastorais de Pope*, feita pelo senhor De Lustrac e impressa em Paris por David, o Jovem, 1753. O senhor De Lustrac traduz assim: "O Sirius ardente queima os campos sedentos *que atravessa*": e, como

Windsor, *o cacho entumescido por rios de vinho*. O famoso Spenser, que escrevia sob o reinado de Elizabeth, introduziu os lobos na Inglaterra; todos sabem, entretanto, que não há vinhas nem lobos nessa ilha.

Existem, na localização de cada país e no modo de viver dos habitantes, particularidades que devem afetar a poesia de cada nação. Os judeus, por sua religião e sua política, estavam separados do resto do mundo. Seu comércio era pouco considerável, e suas principais ocupações eram o cuidado com os rebanhos e a cultura da vinha. Daí essa quantidade de imagens tiradas dos trabalhos relativos a esse gênero de ocupação.

A prosopopéia parece ser a figura favorita dos escritores hebreus. Eles personificam a Judéia e a Babilônia e representam suas filhas desoladas exprimindo-se com as vozes mais patéticas da dor. Os gregos e os romanos representaram em suas medalhas províncias e nações inteiras sob formas de mulheres, mas raramente em seus escritos. Encontramos em medalhas romanas a Judéia chorando sob sua palmeira.

As poesias dos hebreus são em geral mais dramáticas que as de todas as outras nações; o poeta quase sempre coloca a apóstrofe e o diálogo no lugar da simples narrativa. O livro de Jó, realmente poético por seu estilo, é inteiramente dramático, o que lhe confere bastante interesse e vida, porque o poeta e o leitor se colocam necessariamente nas mesmas circunstâncias em que se encontra o personagem que está falando.

A abundância de idéias fortes e grandes que encontramos nos profetas é impressionante. Apenas os gregos podem ser comparados com eles sob esse aspecto, pois os ro-

....

explicação, ele nos diz, numa nota, que *o Sirius é um rio da Etiópia célebre por sua profundidade*. Pode-se avaliar o estilo que reina no resto da tradução. (*Nota de Voltaire*.)

manos são mais puros, elegantes e corretos que sublimes e, exceto na sátira, não passaram de imitadores dos gregos. Isaías, pela variedade e riqueza das imagens, pela majestade dos pensamentos, pela doçura e abundância às quais se somam elevação e simplicidade, pode ser visto como o Homero dos hebreus. Jeremias é audaz nas figuras e no estilo, mas é superior na arte de suscitar paixões. Isaías inspira o terror e Jeremias a piedade; o primeiro quebranta e lacera a alma; o segundo a enternece e embebe com todos os sentimentos de que ele mesmo está pleno. De acordo com o que nos resta de Simônides e segundo o que os antigos disseram de seu caráter, esse poeta assemelhava-se muito a Jeremias. Ezequiel é ousado, vigoroso e veemente, mas nebuloso e selvagem. Seu passo é tão irregular e rápido que é difícil acompanhá-lo. Suas imagens trazem a marca de seu caráter: volta sem cessar aos mesmos objetos, com um novo fogo e uma nova indignação; e o sentimento violento pelo qual parece agitado se comunica a seus leitores. Encontramos em Ésquilo as mesmas belezas e os mesmos defeitos. Nada diremos dos outros profetas, cujo caráter é menos marcante e menos fácil de apreender.

Aborrece-nos encontrar muitas páginas inúteis no livro do senhor Lowth: há um capítulo sobre a Alegoria mística[81] que não podemos entender. O homem de gosto cedeu o lugar, nesse ponto, ao arcediago que, apesar de sua promessa, expõe uma discussão teológica sobre o duplo caráter que Davi apresenta em alguns de seus salmos. Desejaríamos que, no lugar desse capítulo, ele tivesse escrito um sobre a poesia pastoral dos judeus. É em seus livros que encontramos a pintura mais impressionante dos costumes dos primeiros tempos. O *Pentateuco* nos oferece uma descrição tão simples

....

81. Esse é o tema da lição XI; ver a tradução do senhor Sicard, tomo I, p. 203.

das diferentes ocupações dos primeiros homens e de seus patriarcas, e reconhecemos a voz ingênua da natureza nos discursos com os quais se exprimem. Suas virtudes e seus vícios eram simples como eles, fáceis de serem apreendidos e vigorosamente expressos. O livro de *Ruth* é precioso pela abundância das imagens pastorais nele difundidas.

XXI

Carta escrita de Munique aos autores da Gazeta literária *sobre a batalha de Azincourt e sobre a Donzela de Orléans, por ocasião dos tomos XIII e XIV da* História da França*, pelo senhor de Villaret*[82].

(30 de setembro de 1764)

A única forma de nos instruirmos sobre os fatos é confrontar os autores que deles falaram. O senhor Hume, na sua *História da Inglaterra*, no reinado de Henrique V, p. 308, nos diz que na batalha de Azincourt o exército francês era comandado pelo delfim; mas é, acredito, o único a dizê-lo. Esse delfim era Luís, genro do duque de Borgonha, e tinha dezoito anos. Encontrava-se enfermo e morreu algum tempo depois da batalha. Embora se equivoque sobre esse fato importante, o senhor Hume não se equivoca contudo sobre a marcha dos ingleses, que chegaram perto de Azincourt depois de terem atravessado o Somme e o pequeno Ternois, em Solangy, na região de Vimeu, condado de Saint-Paul em Artois.

A batalha de Azincourt é tão famosa na história da França e da Inglaterra e foi seguida, alguns anos depois, de uma revolução tão grande, que suas menores particularidades são interessantes. Queremos saber a localização dos lu-

....

82. Uma resposta de Villaret a este artigo foi inserida na *Gazeta literária* de 4 de novembro (suplemento), p. 263.

gares, a marcha dos dois exércitos, o número de combatentes e todas as suas manobras.

Hubner, na sua *Geografia*, diz "que Azincourt é um vilarejo perto de Béthune, no qual os ingleses bateram os franceses em 1415". Mas Béthune é bem longe dali; essa cidade situa-se em Brette, perto da fronteira de Flandres. Hubner é tão pouco exato que não é de espantar que se tenha enganado a esse ponto a respeito da localização de Azincourt. Haveria mais de mil erros a corrigir em seu livro.

Daniel descreveu exatamente a marcha do rei da Inglaterra e do condestável da França, que o seguiu. "O condestável", diz ele, "deixou seu itinerário para tomar a dianteira e cortar os ingleses no caminho de Calais."

O novo autor da *História da França*, tomo XIII, p. 356, exprime-se assim: "Logo que souberam que os ingleses haviam atravessado o Somme, as tropas francesas, incessantemente incrementadas por novos corpos, apressaram-se a ir ao encontro deles." Não devemos entender, por essas palavras, que o exército da França foi se apresentar aos ingleses chegando até eles pela margem oposta, e que Henrique V, tendo atravessado o Somme, encontrou os inimigos perto da outra margem. O autor deixa bastante claro que o rei da Inglaterra, vindo da Normandia, atravessou o Somme na altura de Saint-Quentin, e que o condestável d'Albret, que comandava o exército da França, partiu também da Normandia e atravessou o Somme na altura de Abbeville.

Henrique V, das proximidades de Saint-Quentin e do outro lado do Somme, avançava pelo caminho de Calais, seja para voltar à Inglaterra, seja para esperar reforços; e o condestável d'Albret, colocando-se no caminho de Calais, em Artois, realizava uma belíssima manobra de guerra. Tinha um exército quatro vezes mais forte que o dos inimigos e procurava fechar-lhes agilmente todas as passagens.

Daniel diz que "o rei da Inglaterra, tendo atravessado o pequeno rio Ternois em Blangy, ficou muito surpreso ao descobrir, do alto, o exército francês na planície de Azincourt e de Russeauville, organizado em batalhões e postado de tal modo que não podia evitá-lo".

Não deveria ter ficado surpreso se é verdade, como conta o novo autor, de acordo com Froissard, que um arauto tinha vindo três dias antes anunciar-lhe, conforme o espírito de cavalaria daqueles tempos, *que com ele travariam batalha em três dias.*

A nova História diz "que o condestável, a quem pertencia a disposição de batalha, não esqueceu nada do que era preciso para perdê-la. Podendo se espalhar num terreno espaçoso, no qual poderia facilmente envolver os inimigos e aproveitar sua superioridade numérica, escolheu um espaço estreito, limitado de um lado por um riacho e de outro por um bosque".

Esse é o sentimento de Rapin Thoiras, que era tanto um oficial de mérito quanto um historiador muito judicioso.

O padre Daniel exprime-se assim no relato dessa batalha: "O rei da Inglaterra tinha escolhido admiravelmente sua posição entre dois bosques que cobriam os dois flancos de seu exército." Não é verdade que, se a posição do exército inglês entre dois bosques era admirável, a do condestável entre um bosque e um rio era ainda mais admirável? Pois o condestável apoiava-se não apenas num bosque, mas também num rio. Se o dia revelou-se tão infeliz, não devemos atribuir a perda da batalha a outras causas e não à má localização?

É bem difícil saber qual era a disposição dos dois exércitos. "A mudança de significado dos termos", diz o padre Daniel, "causa muitas dificuldades no antigo relato das batalhas daquela época."

Nada é, certamente, mais verdadeiro. Sabemos tanto dos detalhes das operações militares desde Clóvis até a batalha de Ivry quanto das disposições do exército grego diante de Tróia.

O padre Daniel diz, segundo antigos autores contemporâneos, que o duque de Alençon abordou o rei da Inglaterra em meio à peleja (pois, naquela época, pelejava-se), e que chegou a abater com um golpe de sabre uma parte da coroa que Henrique trazia por cima do elmo, mas que foi morto por oficiais que cercavam o rei da Inglaterra.

Eis como o novo historiador conta essa aventura, segundo Rapin Thoiras (p. 372, tomo XIII): "Cercado de mortos e moribundos, coberto de sangue, o duque de Alençon lança um último olhar para sua tropa exterminada ou dispersa. Superior, pela grandeza de sua alma, à fortuna que o traiu, acompanhado por alguns dos seus que não o haviam abandonado, ele investe contra os inimigos. Tudo foge ou tomba sob seus golpes; semeia a morte ou o pavor; rompe as fileiras, chega até o monarca inglês: era quem ele procurava. Os dois heróis medem-se com os olhos, aproximam-se. O duque de York, privado da vida, tomba ao lado do rei. O duque de Alençon, sem parar, apresenta-se, lança-se sobre o adversário; com uma machadada arranca uma parte da coroa de ouro que lhe encimava o elmo. Ia investir novamente; estava pronto, um segundo golpe talvez salvasse a França: já levantava o braço quando Henrique, com um golpe de espada, estende-o a seus pés, etc."

Alguns leitores julgarão, talvez, que essa descrição é um pouco poética demais e pouco conveniente à grave simplicidade da história; mas não se deve julgar com tanta severidade um escritor arrastado pela força de seu tema, que o faz passar dos limites comuns. Bem sabemos que devemos evitar tanto a armadilha do estilo poético quanto a do estilo familiar. O padre Daniel faz demasiadas vezes um exército ser vencido *à plate couture* [de cabo a rabo]; foge-se demasiadas vezes *à vau de route* [atropeladamente]; *et quand sur ces entrefaites les ennemis sont aux trousses et qu'on est à la débandade* [e enquanto os inimigos estão nos calcanhares e o exército em debandada], o leitor está demasiado aborrecido. Um entusiasmo nobre, se bem que deslocado, é talvez mais perdoável que essas expressões populares; mas não se trata aqui da maneira de escrever a história, trata-se da própria história. Todos os escritores, e o próprio Hume, dizem que os franceses foram punidos por sua temeridade na batalha de Azincourt e nas de Crécy e de Poitiers.

Podemos perguntar onde estava a temeridade de combater com forças muito superiores um exército débil, extenuado por uma longa marcha e no qual grassava a disenteria. Os franceses nada tiveram de temerário nessas três batalhas. Se houve temeridade, foi da parte dos ingleses, que ousaram combater em Azincourt e atacar primeiro um exército quatro vezes mais forte que o deles.

O terreno estava lamacento, dizem, e a cavalaria francesa atolava até os calcanhares na terra ensopada pelas chuvas; mas os cavalos ingleses atolavam menos nesse terreno? Acrescentam que os arqueiros ingleses eram mais experientes e tinham melhores arcos: coisa bastante duvidosa, e as flechas dos franceses eram em maior número que as flechas dos ingleses.

Dizem-nos que a infantaria francesa era composta apenas de novas milícias; mas a infantaria inglesa também. As Atas de Rymer informam-nos que ela foi levantada às pressas e que Henrique V fazia acordos com os senhores de terras para que esses lhe fornecessem soldados.

Pretende-se que a principal causa da derrota tenham sido os duzentos besteiros ingleses escondidos à direita da cavalaria francesa: levantaram-se de repente e puseram essa cavalaria na maior desordem. Mas, se o exército francês estava tão limitado por um riacho à direita e um bosque à esquerda, como esses duzentos besteiros puderam atacar o exército pelo flanco? Como um corpo de vinte mil cavaleiros foi desbaratado por duzentos arqueiros?

O novo autor da *História da França* declara que a maioria dos ingleses combatiam nus da cintura para baixo. A razão disso, segundo os historiadores ingleses, é que os soldados de Henrique V, atacados pela disenteria, eram obrigados a aliviar a natureza ao mesmo tempo que combatiam. Não é possível que um exército inteiro tenha combatido em tal estado e que tenha sido plenamente vitorioso. Alguns soldados, talvez, terão sido reduzidos a essa necessidade, e seu número terá sido exagerado.

Enfim, a batalha foi inteiramente perdida e a maioria fugiu diante minoria, o que já aconteceu inúmeras vezes. O autor esclarecido que nos apresenta essa nova *História da França* parece ter sentido muito bem a razão dessas freqüentes calamidades. O marechal de Saxe expressou-a sem rodeios numa carta escrita algum tempo depois da batalha de Fontenoy; e o que diz é bastante provado pelas providências que tomara para essa batalha.

O que se faz muito necessário observar é que essa fatal batalha de Azincourt não teve absolutamente nenhuma conseqüência. Henrique V voltou à Inglaterra e só retornou à França dois anos depois; e ainda assim só pôde se apresentar com vinte e cinco mil homens. Portanto, não foi a batalha de Azincourt que fez Henrique V ser proclamado rei da França, a menos que se diga que o terror que inspirou com essa vitória lhe aplainou o caminho do trono.

Um acontecimento ainda mais singular que a derrota de Azincourt é o da Donzela de Orléans. Mézerai, em sua grande *História*, diz que *São Miguel, o príncipe da milícia celeste, apareceu para essa moça*; mas em sua *Sinopse*, mais bem-feita que sua grande *História*, limita-se a dizer que "Joana garantia ter ordens expressas de Deus para socorrer a cidade de Orléans e, depois, fazer com que o rei fosse sagrado em Reims, tendo sido solicitada a fazer isso, dizia ela, por freqüentes aparições de anjos e de santos".

O jesuíta Daniel afirma que Deus operou milagres nessa moça; mas acrescenta em seguida: "Eu não asseguraria, em geral, a verdade de suas profecias, pois nem todas se mostraram verdadeiras, *porque nem sempre as profecias falam como profetas.*"

Tais distinções são admitidas unicamente nas disputas nos bancos da escola.

Não é permitido escrever assim a história. Há uma contradição manifesta em dizer que quando fazemos profecias não falamos como profetas. Se uma pessoa que se diz inspirada prediz, da parte de Deus, coisas que não acontecem, é evidente que não é inspirada. Os ingleses acusaram a Donzela de ter sido guiada pelo diabo; mas parece que nem Deus nem o diabo empregaram algum meio sobrenatural em toda essa aventura. Existiram muitas vezes fraudes piedosas; algumas vezes, fraudes heróicas: a de Joana d'Arc pertence a esse último gênero.

Devemos ler atentamente a dissertação de Rapin Thoiras sobre a Donzela de Orléans, no final do reino de Henrique V. É um trecho muito curioso e judiciosamente escrito, sem o qual seria difícil ter noções exatas sobre esse estranho acontecimento[83].

Precisamos ver, em seguida, como poderemos conciliar Rapin Thoiras com o estimável autor que nos apresenta a *História da França* tomo a tomo. Lemos, no tomo XIV dessa história, que Joana d'Arc tinha dezessete anos quando foi apresentada ao rei, e, em Rapin Thoiras, que tinha vinte e

....

83. Ver *Jeanne d'Arc, ou Coup d'oeil sur les révolutions de France au temps de Charles VI et de Charles VII, et surtout de la Pucelle d'Orléans, par M. Berriat-Saint-Prix* [Joana d'Arc, ou Panorama das revoluções da França na época de Carlos VI e de Carlos VII, e principalmente da Donzela de Orléans, do senhor Berriat-Saint-Prix]; Paris, Pillet aîné, 1817, in-8º. (B.) – Mais recentemente, o senhor Quicherat publicou o processo de Joana d'Arc em seis volumes.

sete[84]. Rapin cita como prova o processo criminal impetrado contra Joana pelos bispos da França e por um bispo inglês a pedido da Sorbonne: o que pode ainda levar a crer que ela tivesse efetivamente, então, vinte e sete anos, e não dezessete, é que ela declara, em seu interrogatório, que entrara com um processo na Lorena, no Ofício, por causa de um casamento. Não diz se foi em razão de um casamento que lhe haviam prometido ou se por uma anulação; mas, enfim, não é com quinze ou dezesseis anos que se sustenta um processo, em seu próprio nome, em razão de um casamento. Essa anedota poderia, além disso, suscitar algumas dúvidas sobre a tal virgindade que aumentava sua glória e cuja perda não teria diminuído o brilho de seu valor.

A nova *História da França* cita também o processo manuscrito da Donzela; não sabemos se é o mesmo relatado por Pasquier ou se é uma peça diferente. Ignoramos qual desses dois manuscritos contraditórios merece mais fé e esperamos que o autor da nova *História* esclareça essas dificuldades, com a exatidão e imparcialidade habituais, no volume em que está trabalhando.

O senhor Hume, na sua *História*, menos detalhada e menos circunstanciada que a de Rapin, não entra em nenhuma dessas discussões: trata a história unicamente como filósofo. Basta-lhe que a moça guerreira pareça digna, por sua coragem, do papel que a fazem representar. Como todo o resto lhe parece uma evidente suposição, importa-lhe pouco saber qual era a idade de Joana e como havia sido seu comportamento.

O senhor Voltaire, em seu *Ensaio sobre a história geral*[85], exprime-se assim sobre o suplício da heroína: "Final-

---

84. Voltaire sempre achou que ela tivesse vinte e sete anos; mas a verdade é que tinha apenas dezessete.
85. Ver tomo XII, p. 49.

mente, acusada de ter usado uma vez mais roupas de homem, que lhe foram deixadas expressamente para tentá-la, seus juízes, que não tinham certamente o direito de julgá-la, já que ela era prisioneira de guerra, a declararam herege relapsa e fizeram morrer pelo fogo aquela que, tendo salvado seu rei, teria ganhado altares nos tempos heróicos, nos quais os homens os erigiam para seus libertadores. Carlos VII restabeleceu sua memória, bastante honrada por seu próprio suplício."

O senhor Hume, mesmo sendo inglês, chama esse julgamento de infame. Essa admirável heroína, diz ele, a quem os antigos, por uma superstição mais generosa, teriam erigido altares, foi condenada às chamas sob pretexto de heresia e magia, e expiou, com esse terrível suplício, os serviços que prestara a seu príncipe e à sua pátria.

Alguns anos após essa morte, que cobriu os juízes de vergonha eterna, apareceu na Lorena uma aventureira que se dizia a Donzela de Orléans. Ao menos para esses juízes iníquos ela dava a honra de fazer acreditar que não haviam consumado seu crime e que haviam queimado um fantasma. Essa pretensa Joana d'Arc persuadiu todos os habitantes da Lorena, e um senhor dos Armoises teve a honra de esposá-la. É uma anedota que o judicioso autor, de quem esperamos esclarecimentos, não perderá a oportunidade de aprofundar. Vemos que há uma parte de maravilhoso na história da Donzela de Orléans, mesmo depois de sua morte. Nenhum acontecimento merece mais investigação.

XXII

C. CORNELIUS TACITUS A FALSO IMPIETATIS CRIMINE VINDICATUS, ETC.

C. Tácito justificado contra a falsa imputação de impiedade; *discurso pronunciado num dos colégios da universidade de Oxford, por J. Kynaston. Londres, Flexney Editor, 1764.*

(10 de outubro de 1764)

Fabien Strada, historiador jesuíta muito conhecido, acusara Tácito de impiedade e se fundara particularmente nesta passagem: "Nec unquam atrocioribus populi romani cladibus magisque justis judiciis[86] approbatum est non esse curae diis securitatem nostram, esse ultionem. (*Histor.* livro I) – Jamais os deuses mostraram com flagelos mais terríveis e juízos mais severos que prezavam menos a salvação do povo romano que sua própria vingança." Um outro jesuíta, que não compararemos com Strada porque ele não merece ser comparado com ninguém, o famoso Garasse, citou a mesma passagem para provar que Tácito era um *ateísta*; ele o associa a Lucano que, diz, certamente emprestou dele este pensamento nos seguintes versos (livro IV, 807-809):

> Feliz de Roma e felizes dos cidadãos se aos deuses
> tivesse agradado cuidar da liberdade tanto quanto
> lhes agrada a vingança.
> [Felix Roma quidem, civesque habitura beatos,
> Si libertatis superis tam cura placeret
> Quam vindicta placet!...]

Pena, para a observação do padre Garasse, que *A farsália* seja anterior à *História* de Tácito; mas não nos deteremos na consideração desse fanático bufão, muito abaixo de qualquer crítica; observaremos apenas que é estranho citar, como prova da irreligião de Tácito, talvez o pensamento mais religioso que encontramos nesse autor. Nada há de menos ímpio, certamente, do que dizer que os deuses enviam calami-

---

86. Ou *indiciis*. (*Nota de Voltaire.*)

dades a um povo para puni-lo por seus crimes; Tácito, nessa mesma frase, fala dos prodígios, dos presságios felizes e funestos e de outros avisos do céu: esse linguajar parece mais o de um supersticioso do que o de um ateu. Não entraremos, aliás, nessa frívola discussão: importa muito pouco, para a glória de Tácito, se pensamos que ele admitia ou rejeitava a existência e a providência de Júpiter Capitolino; segundo os princípios da verdadeira religião, acreditar nos deuses do paganismo ou ser ateu é a mesma coisa. É muito provável que Tácito, assim como César, Cícero, Sêneca, Lucrécio e todos os outros grandes homens daqueles tempos, zombassem dos auspícios, dos presságios, do Tártaro e de todos os Júpiteres da fábula; mas não é com base em uma ou duas passagens de um autor antigo que se deve julgar sobre seus sentimentos em matéria de religião: não há um só deles que não tenha escrito sobre esse objeto coisas contraditórias. Há uma regra simples e geral para julgar a respeito das opiniões desses escritores: quando parecem respeitar a religião nacional, talvez o tenham feito por conveniência, por política ou para interessar mais seguramente adotando os preconceitos populares; mas, quando atacam ou ridicularizam esses mesmos preconceitos, só podem ter como motivo sua própria persuasão.

XXIII

Carta aos autores da Gazeta literária.

(4 de novembro de 1764)

Vejo, senhores, por uma de vossas últimas gazetas (tomo III, p. 80), que o governo da Suécia persevera, há mais de vinte anos, na útil empresa de conhecer a fundo as forças do país, começando por uma contagem exata. Dizem que foram encontrados, em toda a extensão da Suécia, sem contar a Pomerânia, dois milhões trezentos e oitenta e três mil habitantes. Esse cálculo espanta. A Suécia com a Finlândia é duas vezes mais extensa que a França, que passa por conter cerca de vinte milhões[87] de pessoas; consta mesmo, pelo relatório de todos os intendentes do reino, em 1698, que se verificou aproximadamente esse número, e a Lorena ainda não estava anexada à França. Como um país que é apenas a metade de um outro pode ter aproximadamente dez vezes mais cidadãos?

Com um território igual, a França teria que ser dez vezes melhor que a Suécia; e, tendo apenas metade do território, a França tem que ser vinte vezes melhor.

Consideremos inicialmente que devemos eliminar do mapa da Suécia o mar Báltico, o golfo da Finlândia e o golfo de Bótnia, que formam quase a metade do que constitui a Suécia. Retiremos também o Lapmark e a Lapônia, que devemos contar como nada; eliminemos ainda os lagos imensos e constataremos que o território habitável da França será um terço maior que as terras habitáveis da Suécia.

Ora, esse território habitável sendo pelo menos dez vezes mais fértil, não é de espantar que haja dez vezes mais cidadãos.

O que me parece merecer muita atenção é que na Gótia, a mais meridional e mais fértil província da Suécia, existem mil duzentos e quarenta e oito habitantes por légua quadrada da Suécia. Ora, a légua quadrada da Suécia, de dez e meio, está para a légua quadrada da França, de vinte e cinco, como aproximadamente quatro e dois terços está para um, considerando-se as escalas.

....

87. Em 1827, havia cerca de trinta e dois milhões; ver a nota, tomo XXIV, p. 580. Há hoje, na França, perto de trinta e sete milhões de habitantes e, na Suécia, perto de três milhões.

Resulta do recenseamento da França realizado pelos intendentes do reino, em 1698, que a França tem seiscentas e trinta e seis pessoas por légua quadrada.

Ora, se a légua quadrada francesa, que está para a légua quadrada da Suécia como um está para aproximadamente quatro e dois terços, tem seiscentos e trinta e seis habitantes, e a légua quadrada sueca tem mil duzentos e quarenta e oito, fica claro que a légua quadrada da Gótia, que deveria ter quatro vezes e dois terços mais colonos, mal alimenta o dobro: assim, a mesma extensão de terras na França tem mais da metade[88] de colonos ou de habitantes que a mesma extensão na Gótia.

Essa prodigiosa superioridade de um país sobre outro poderá, com o tempo, reduzir-se à igualdade? Sim, se os habitantes do clima desfavorecido puderem encontrar o segredo de mudar a natureza de seu solo e se aproximarem do trópico.

O país poderia ser duas ou três vezes mais povoado? Sim, se fossem geradas duas vezes, três vezes mais crianças; mas quem as alimentará, se a terra não produzir duas ou três vezes mais?

Na falta de uma colheita tripla para alimentar esse triplo de habitantes, seria preciso então ter um comércio, por meio do qual se pudessem adquirir duas ou três vezes mais alimentos do que se consome hoje. Mas como fazer esse comércio vantajoso, se a natureza recusa aquilo que se exportaria para o estrangeiro?

A comissão estabelecida para relatar, para os estados reunidos, o despovoamento da Suécia afirma em sua Memória, com base em provas históricas, que o país era, há trezentos anos, quase três vezes mais povoado que hoje. É

....

88. Nas edições de Kehl e nas outras reimpressões, colocou-se *metade a mais de colonos*: o que certamente é melhor. (B.)

do interesse de todos os homens conhecer as provas dessa estranha asserção: será possível que a Suécia, sem comércio, sem indústria e mais mal cultivada que atualmente, possa ter alimentado três vezes mais habitantes?

Parece que os países do norte nunca foram mais populosos que hoje, porque a natureza sempre foi a mesma.

César, em seus *Comentários*, diz que os helvécios, deixando seu país para irem se estabelecer nas redondezas de Saintonge, partiram todos, num total de trezentos e sessenta e oito mil pessoas. Não acredito que a Helvécia tenha hoje mais habitantes que então, e, se chamasse de volta todos os seus cidadãos espalhados pelos países estrangeiros, duvido que tivesse com que alimentá-los.

Fala-se muito em população há alguns anos. Ouso aventurar uma reflexão. Nosso grande interesse é que os homens que existem sejam felizes, tanto quanto a natureza humana e a extrema disparidade entre os diferentes estados da vida o permitam; mas, se até hoje não pudemos proporcionar essa felicidade aos homens, por que desejar tanto aumentar seu número? Para fazer novos infelizes? A maioria dos pais de família teme ter muitos filhos, e os governos desejam o crescimento dos povos; mas, se cada reino adquirir proporcionalmente mais súditos, nenhum adquirirá superioridade.

Quando um país tem um supérfluo de habitantes, esse supérfluo é empregado utilmente nas colônias da América. Desgraçadas as nações que são obrigadas a enviar os cidadãos necessários ao Estado! Desguarnecem a casa paterna para mobiliar uma casa estrangeira. Os espanhóis começaram; e tornaram essa desgraça indispensável às outras nações.

A Alemanha é um criadouro de homens e não tem colônias: que resultará disso? que os alemães que estão demais em sua terra povoarão os países vizinhos. Foi assim que a Prússia e a Pomerânia mitigaram a penúria dos homens.

Poucos países estão no caso da Alemanha: Espanha e Portugal, por exemplo, nunca serão demasiadamente povoados; suas mulheres são pouco fecundas, seus homens pouco laboriosos e um terço das terras são áridas.

A África fornece todos os anos cerca de quarenta mil negros à América e não parece esgotada. A natureza parece ter beneficiado os negros com uma fecundidade que recusou a tantas outras nações. O país mais populoso da Terra é a China, sem nunca ter escrito livros ou regulamentos para favorecer a população, da qual falamos sem cessar. A natureza faz tudo, sem se preocupar com nossos raciocínios.

XXIV

Carta aos autores da Gazeta literária.

(14 de novembro de 1764)

Centenas de pessoas, senhores, elevam-se e declamam contra a anglomania: ignoro o que entendem por essa palavra. Se querem falar do furor de transmudar em modas ridículas alguns costumes úteis, de transformar uma cômoda camisola numa vestimenta sebenta, de se apoderar até das encenações nacionais para nelas introduzir caretas no lugar da gravidade, poderiam ter razão; mas, se por acaso esses declamadores pretenderem transformar em crime o desejo de estudar, de observar, de filosofar, como os ingleses, estarão certamente muito errados, pois, supondo que esse desejo seja pouco razoável ou mesmo perigoso, seria preciso ter muito humor para atribuí-lo a nós e para não convir que estamos, sob esse aspecto, isentos de toda crítica.

Faço essa reflexão lendo vossa folha do último 24 de outubro, na qual anunciais uma História da Inglaterra em forma de cartas. Dizeis que o que os ingleses mais sabem é a *História da Inglaterra*; e eu acrescento que o que os franceses menos sabem é a *História da França*. Retirai da maioria o que aprenderam nas anedotas forjadas pela malignidade, nas memórias superficialmente redigidas, nos romances sem imaginação, e não lhes sobrará nem mesmo a mais imperfeita noção de uma ciência muito importante.

O estudo da história seria contudo tão necessário em Paris quanto em Londres. Se soubéssemos a origem e a virtude de nosso governo, o patriotismo nos reanimaria; as épocas de calma e de obediência, comparadas às épocas de distúrbios e de vertigem, seriam uma lição admirável de meiguice e de submissão; os fatos bem examinados arrefeceriam esse furor pela disputa, cujo ardor recrudesce em razão da obscuridade e da inutilidade dos objetos sobre os quais ela se exerce; fariam renascer o espírito de franqueza e de lealdade que nada fica a dever ao espírito de intriga e de cabala; forçar-nos-iam a comparar os homens e os acontecimentos passados com os homens e os acontecimentos atuais; trabalharíamos para nos tornar melhores e ganharíamos infinitamente do lado dos homens e do lado das coisas.

Dir-me-ão que não temos historiadores; que, para um Thou, existem cem maus compiladores; que seria de desejar que o autor do *Ensaio sobre os costumes, etc.* tivesse se dedicado à história de seu país; que um homem de Estado ou um filósofo é que devem escrever a história, porque é preciso conhecer os homens para pintá-los e participar do governo, ou ter as qualidades próprias a esse grande ofício, para descobrir-lhes os mecanismos: esses argumentos são verdadeiros; eu mesmo os desenvolvi.

Vi, em quase todos os historiadores romanos, o interior da república; o que concerne à religião, às leis, à guerra, aos costumes, me foi claramente desvendado; nem mesmo sei se não conheci mais distintamente o que aconteceu dentro que o que foi executado fora. Por quê? Porque o escritor participava da coisa pública; porque podia ser magistrado, padre, guerreiro e, se não exercia as primeiras funções do Estado, devia ao menos ser digno delas. Bem sei que não podemos pensar em obter, entre nós, um tal privilégio; nossa constituição resiste a isso; mas daí não concluo que não devemos estudar nossa história.

Contentemo-nos com esses historiadores simples que, como diz Montaigne[89], "têm apenas o cuidado e a diligência de coletar toda a informação que lhes chega e de registrar, de boa-fé, todas as coisas, sem seleção e sem triagem, deixando-nos todo o julgamento para o conhecimento da verdade". Se temos historiadores desse tipo, felicitemo-nos e leiamo-los com espírito filosófico: se nossa instrução não for nem elevada nem profunda, será proporcional a nosso gênio e poderá bastar para nossas necessidades.

Tenho a honra de ser, etc.

....
89. *Ensaios*, livro II, cap. X.

Cromosete
Gráfica e editora Ltda.

Impressão e acabamento
Rua Uhland, 307 - Vila Ema
03283-000 - São Paulo - SP
Tel/Fax: (011) 6104-1176
Email: adm@cromosete.com.br